Petra Piuk • Toni und Moni

Petra Piuk

# Toni und Moni

## oder: Anleitung zum Heimatroman

Roman

KEIN & ABER
POCKET

1. Auflage September 2019
2. Auflage November 2019

Dies ist ein Fake-Roman. Schöngraben an der Rauscher ist ein fiktiver Ort. Handlung und Personen sind frei erfunden.


Lizenzausgabe mit freundlicher Genehmigung
des Verlags Kremayr & Scheriau GmbH & Co. KG, Wien

Satz: Ekke Wolf, typic.at
Druck und Bindung: CPI books GmbH, Leck
ISBN 978-3-0369-6013-5

www.keinundaber.ch

# Inhaltsverzeichnis

# Vorwort der Dorfbewohner

Das ist ein schöner Heimatroman. Die Frau Schriftstellerin hat gesagt, dass ihr zweites Buch ein schöner Heimatroman wird. Wir haben nach Erscheinen des ersten Buches zur Frau Schriftstellerin gesagt: Warum haben Sie keinen schönen Heimatroman geschrieben? Hätten Sie einen schönen Heimatroman geschrieben, hätten wir Sie zu einer Lesung ins Gasthaus eingeladen. Aber so ... GOTT SEI DANK hat sie auf uns gehört. Wir sind schon sehr neugierig.

# Vorwort der Frau Schriftstellerin

Das glaube ich, dass Sie schon sehr neugierig sind. Ich bin auch schon sehr neugierig, wie Ihnen mein Heimatroman gefallen wird. Gut, dass Sie mich auf die Idee gebracht haben. Da hätte ich auch wirklich selbst darauf kommen können. Dann hätte ich das erste Buch erst gar nicht schreiben müssen. Und weil Ihnen das Ende des ersten Romans nicht gepasst hat: Dieses Mal wird es ein glückliches Ende geben. Versprochen. Mit einer schönen Musik und mit Hochzeitsglocken. So wie sich das in einem schönen Heimatroman gehört.

PS: Ich freue mich schon sehr auf die Lesung im Gasthaus.[1] [2]

---

1 Anmerkung Verlag: Sämtliche Lesungstermine finden Sie auf unserer Webseite www.kremayr-scheriau.at sowie auf der Webseite der Autorin www.petrapiuk.at.

2 Liebe Petra, ich freue mich schon sehr auf das Lektorat. Und auf das glückliche Ende. LG Tanja
Liebe Tanja, jetzt muss der Roman erst einmal geschrieben werden. Was das Ende betrifft, kann ich für nichts garantieren. Derzeit geht alles drunter und drüber. LG Petra

# 1. Eine schöne Musik

Zunächst benötigen wir eine musikalische Einführung. Wie wäre es mit der Bundeshymne. Selbstverständlich die ohne Töchter, was glauben denn Sie. Einig lass in Brüderchören, Vaterland, dir Treue schwören. Nein, die Bundeshymne klingt zu ernst und den Ernst des Lebens wollen wir vergessen, dazu sind wir hier versammelt. Wir brauchen für den Beginn eines schönen Heimatromans ein Lied mit mehr Schwung. Eine Heimatmelodie, die einem sofort ein Lächeln ins Gesicht schnalzt. Schalten wir Radio Schlagerglück ein.

Wo gibt's zugezogene Vorhäng', wohin ich auch geh?
Nur zu Haus.
Wo spricht man die Sprache, die ich versteh?
Nur zu Haus.
Wo gibt's willige Dirndln, wohin ich auch seh?

Und jetzt alle zusammen!

Nur zu Haus.

Falls Sie den Heimatroman nicht selbst lesen, sondern ihn bei einer Lesung (wie angekündigt im Gasthaus zum Beispiel) vorgelesen bekommen, machen Sie es doch wie bei anderen Live-Events (Hüttengaudi, Volksmusikshows, Bierzeltwahlkampf usw.): Haken Sie sich bei ihren Nachbarn ein und schunkeln Sie mit. Einmal nach rechts und einmal nach links und wieder weit nach rechts. Wusste ich es doch: Das brauche ich Ihnen nicht zwei Mal zu sagen. Das macht Laune, jawohl!

# 2. Ein fescher Dorfheld

## 2.1. Vorbemerkung

Der Dorfheld erzählt uns seine Geschichte selbst. Manchmal verwendet er Ausdrücke, die in einem Heimatroman nichts verloren haben. Ich versuche laufend, ihm diese Spracheigentümlichkeiten mit den Behandlungsweisen, die hierzulande üblich sind, auszutreiben, bisher leider ohne Erfolg. Er wird im Laufe des Romans aber noch einsehen, dass man nicht fluchen muss, wenn man auch singen kann. Am besten im Duett mit einem schönen Mädchen (siehe Kapitel 7 *Ein schönes Mädchen*). Also schlagen Sie das Buch nicht gleich zu, sondern lieber ihren Hund oder ihr Kind, und lesen Sie in Schunkellaune weiter.

## 2.2. Wie ich auf die Welt komme

Bei meiner Geburt zerfetze ich mit meinem Riesenschädel der Mama beinahe den Unterleib. Die Mama schreit wie eine Sau, die abgestochen wird. Der Papa schreit von draußen herein: Pressen! Jetzt press endlich! Zum Pressen zu deppert. Die Hebamme stülpt eine Saugglocke über meinen Schädel und zerrt mich aus dem Mutterloch heraus. Ich bekomme einen Schlag auf den Rücken, beginne zu schreien und lerne meine erste Lektion fürs Leben: EINE WATSCHEN IST GESUND. Es freuen sich alle im Kreißsaal, aber nicht, weil ich auf der Welt bin, auf mich hat nämlich keiner gewartet, sondern weil ich das Neujahrsbaby von Österreich bin. Das ist schon etwas, worauf man stolz sein kann, dann steht man nämlich in der Zeitung. Wenn man so wie ich MEHR GLÜCK ALS VERSTAND hat, landet man sogar auf der Titelseite – die verschwitzte Mama, der besoffene Papa, das plärrende Kind mit dem Saugglockenschädel: ich, der Toni.

Die Mama gibt die Titelseite in eine Klarsichthülle und hängt die Erinnerung in der Stube auf. Dort hängen außerdem: ein Holzkreuz, ein Hochzeitsfoto der Eltern, selbst gestickte Bilder mit Sprüchen drauf, ein Kalender vom Sportverein, ein Kalender von der Freiwilligen Feuerwehr, ein Kalender vom Männergesangsverein, ein Kalender vom Briefträger, ein Kalender vom Kameradschaftsbund.

# 3. Eine heile Welt

## 3.1. Vorbemerkung

Im Heimatroman ist die Welt noch in Ordnung. Daher spielt der Heimatroman in einem Dorf, in dem die Welt noch in Ordnung ist: in Schöngraben an der Rauscher. Hören Sie die Rauscher plätschern? Die Kirchenglocken läuten? Den Hahn krähen? Dann sind Sie hier richtig.

## 3.2. Ein Spaziergang durch Schöngraben an der Rauscher

Herzlich willkommen. Grüß Gott. Kein Eingang. Eingang um die Ecke. Gerne verwöhnen wir Sie kulinarisch. Montag Ruhetag. Dienstag Ruhetag. Donnerstag Ruhetag. Heute geschlossen. Wir wollen hier nichts kaufen und nichts spenden. Haus zu verkaufen. Lokal zu verkaufen. Echtes Kernöl zu verkaufen. Typisch österreichische Kost. Für den kleinen Hunger. Schweinsbraten. Zigeunerschnitzel. Spinatknödel mit brauner Butter. Nach alten Rezepten. Kundeninformation. Unser Garten ist kein Hundeklo. Kommen Sie wieder. Beste Unterhaltung garantiert. Singkreis. Volksmusikabend. Bauernschnapsen. Eröffnungsschießen. Katholischer Frauenverein. Laufhaus täglich ab 11:00 Uhr. Achtung. Raum wird videoüberwacht. Hier wache ich. Pflichtgetreuer Hund! Betreten verboten. Parken verboten. Plakatieren verboten. Umherlaufen, spielen und lärmen verboten.

Aufenthalt verboten. Dein Wille geschehe. Grenzweg. Vorsicht Lebensgefahr! Erfahrung und Verlässlichkeit. Den toten Helden der Gemeinde. Jetzt ist der Tag der Rettung. SOS-Notruf. Außer Betrieb. Notausgang. Behördlich versiegelt. Missbrauch wird gesetzlich bestraft. Gashaupthahn. Qualitätswerkzeuge made in Austria. Mehr geht echt nicht. Eltern haften für ihre Kinder. Hier ist das Lächeln zu Hause. Auf Wiedersehen.

## 3.3. Kriterien für den vollkommenen Heimatromanschauplatz

Die Geschichte könnte auch in einem anderen Dorf spielen. Sie können Schöngraben an der Rauscher gerne durch ihr eigenes Heimatdorf ersetzen, ich bin Ihnen da nicht böse.[3] Falls Sie unsicher sind, ob Ihr Dorf tatsächlich geeignet ist, um Schauplatz eines schönen Heimatromans zu sein, liste ich nachfolgend die Merkmale auf, die Schöngraben zu einem erstklassigen Heimatromanschauplatz machen:

1. Schöngraben ist ein schönes Dorf.
2. In Schöngraben fühlt sich jeder Gast daheim.
3. In der Heimat gibt es: ein gutes Essen, ein gutes Trinken und gute Menschen. Aber keine Gutmenschen. Das darf man bitte nicht verwechseln.

---

3 Anmerkung Verlag: Wir drucken Ihnen gerne Ihr persönliches Exemplar (mit Wunschort und Wunschnamen). Eine wundervolle Geschenkidee für die Verwandtschaft! Kosten auf Anfrage.

4. Außerdem gibt es: eine gesunde Landluft, eine gesunde Jause und eine gesunde Watschen.
5. Außerdem gibt es: eine schöne Natur, eine schöne Tradition und eine schöne Heimatmusik.
6. Natürlich gibt es noch viel mehr Schönes in der Heimat. Die Dirndlkleider sind schön. Die Lederhosen sind schön. Die Leich' ist schön.

# 4. Eine schöne Tradition (Teil 1)

## 4.1. Vorbemerkung

Brauchtum und Tradition werden im Heimatroman HOCHGEHALTEN wie volle Schnapsgläser. In Schöngraben sind Feierlichkeiten wie Taufen, Hochzeiten und Begräbnisse besonders beliebt, weil wo kommt sonst die ganze Verwandtschaft zusammen. Da haben sogar Städter wie die Großcousine plötzlich eine Zeit, die sonst nie eine Zeit haben.

## 4.2. Wie ich getauft werde

Heute werde ich in die christliche Gemeinschaft aufgenommen. In der Kirche ist es kalt. Der Herr segne dich, der Herr behüte dich. Ich sehe ein Kreuz. Auf dem Kreuz hängt ein halbnackter Mann. Er blutet. Der Pfarrer schüttet Wasser über meinen Kopf. Ich schreie. Die Gesichter über mir lächeln. Glaube an den Herrn Jesus Christus, so wirst du und dein Haus selig sein.

## 4.3. Einladung zur heiligen Kommunion

Sehr verehrte Leserschaft, erheben Sie sich bitte und treten Sie vor zur heiligen Kommunion. Sollten Sie eine Sünde zu beichten haben, suchen Sie einen Beichtstuhl auf, bevor Sie weiterlesen, damit Sie mit Ihrer Lasterhaftigkeit nicht den schönen Heimatroman beflecken. Der nächste Gottesdienst findet in Kapitel 24 *Ein Gottvertrauen* statt.

## 4.4. Wie ich zum ersten Mal der Großcousine begegne

Draußen vor der Kirche schreie ich noch immer. Die Mama schreit mich an: Hörst du endlich auf, aufhören habe ich gesagt! Ich werde herumgereicht wie vorhin das Körbchen, in das man Münzen und Geldscheine hineinlegt. Der Poldi-Opa hat einen Hundert-Euro-Schein ins Körbchen gelegt. Da haben die Dorfbewohner geschaut. Jetzt streiten sie sich darüber, wer mich als nächstes halten darf. Die Mama reicht mich zur Großcousine, die wehrt aber ab.

Nein danke, ich hab ein neues Kleid an.
Jetzt nimm ihn halt kurz, fürs Foto.

Die Großcousine verdreht die Augen, als mich die Mama in ihre Arme drückt. Steht dir gut, lallt der Papa, kriegst da keinen Gusto? Ich brülle und schlage mit den Fäusten um mich.

Wehe, der reißt mir einen Knopf ab.
Ja, schlimm ist er, der hat in meinem Bauch schon ausgehauen als wie.

Der Papa greift in das Bauchfett von der Mama: Du kannst froh sein, dass er nur so kurz drinnen war. Die Großcousine lächelt, weil der Nachbar ein Foto macht. Sie sagt: Er wollte halt unbedingt das Neujahrsbaby werden. Ja, sagt die Mama, im ganzen Dorf hängt der Zeitungsausschnitt, brauchst nur ins Gasthaus gehen oder zu deinen Eltern in die Fleischerei. Sogar der Bürgermeister höchstpersönlich hat eines im Gemeindeamt aufgehängt. Alle sind sie stolz auf unseren Buben, sagt der Papa, alle. Die Mama gibt dem Papa einen Kuss.[4]

---

4 Liebe Petra, gut, dass eine Kirchenszene im Roman vorkommt. Ich habe das Cover bereits in Auftrag gegeben: eine Dorfkulisse mit Kirchturm und Bergen. Es kommen doch Berge vor? LG Tanja
PS: Ich hoffe, bei dir ist wieder alles in Ordnung (Stichwort: glückliches Ende).
Liebe Tanja, der Roman spielt nicht in den Bergen. Privat ist nichts in Ordnung, aber darüber will ich nicht sprechen. LG Petra
Liebe Petra, bitte bau eine Bergszene ein, damit die Berge auf dem Cover ihre Berechtigung haben. Vielen Dank und LG Tanja

# 5. Eine Familienidylle (Teil 1)

## 5.1. Eine liebende Mutter

### 5.1.1. Vorbemerkung

Es ist selbstverständlich, dass eine Mutter ihr Kind liebt, weil: Erstens ist eine Mutterschaft die Bestimmung einer jeden Frau und zweitens ist ein Kind EIN GESCHENK GOTTES. Der Gott heißt in unserem Fall Friedl und die Beschenkte Gabi. Gabi hat Friedl mit heruntergelassener Hose auf dem Heurigentisch tanzen sehen (Feuerwehrfest!) und da war es um sie geschehen. Und als Friedl später draußen vor dem Zelt hinter dem Rosenbusch sein Gesicht im Vorbau der Gabi vergraben hat, war es um ihn geschehen. Dass er sich ein paar Monate später nicht mehr mit dem Vorbau, sondern mit dem Hausbau beschäftigen musste, war nicht Friedls Plan. Aber der Plan Gabis, dieser liebenden Mutter, die weiß: EIN KIND BRAUCHT EINE MUTTER UND EINEN VATER.

### 5.1.2. Wie ich der Mama den letzten Verstand raube

Die Mama hat recht. Ich bin ein schlimmes Kind. Ich schreie viel und ohne Grund. Manchmal schlägt mich die Mama, DAMIT ICH EINEN GRUND HABE. Wenn ich schreie, RAUBE ICH DER MAMA DEN LETZTEN VERSTAND. Viel von ihrem Verstand kann sie nicht mehr haben, weil ich habe ihr den letzten Verstand schon oft geraubt. Wenn die Mama schimpft, bekommt sie rote Flecken im Gesicht. Na warte, dir werde ich geben! Wenn du nicht sofort aufhörst zu plärren! Hörst jetzt auf! Was habe ich gesagt? DU BRINGST MICH NOCH INS GRAB, sagt sie immer. Ich will ein braves Kind werden. Ich will die Mama nicht ins Grab bringen, weil wer soll mich dann ins Bett bringen. Die Mama nimmt mich aus dem Gitterbett heraus und schüttelt mich. Sie brüllt mich an und gibt mir ein paar Watschen, die aber nicht helfen. Manchmal, wenn die Mama nicht mehr kann, weil ihr die Hand schon wehtut, nimmt sie den Kochlöffel.

### 5.1.3. Die Dorfbewohner über geeignete Erziehungsmaßnahmen

Dorfbewohnerin, 48: Was willst machen, wenn dir DIE HAND AUSRUTSCHT? Gerne mach ich es eh nicht.

Dorfbewohner, 26: Ich habe täglich meine Schläge erhalten. Geschadet haben sie mir nicht.

Dorfbewohnerin, 35: Ich sage immer: WER BITTET, DEM WIRD GEGEBEN.

Dorfbewohner, 60: Die Kinder heutzutage machen mit ihren Eltern, was sie wollen. Die gehören alle einmal ordentlich ÜBERS KNIE GELEGT.

Dorfbewohner, 42: Ich schlage schon zu, aber immer mit einer Liebe und dem nötigen Respekt.

### 5.1.4. Heute in Ihrer Zeitung

> **Gesunde Watschen noch immer aktuell.** Zwei Drittel der Österreicher finden Ohrfeigen okay. Nur jeder Dritte hält die Watschen für Gewalt. Jedes zweite Kind wird geschlagen.

### 5.1.5. Wie mir die Mama ein Gute-Nacht-Lied vorsingt

Wenn die Mama einen guten Tag hat, singt sie mir ein Gute-Nacht-Lied vor.

Schlaf Kindlein, schlaf,
dein Vater ist ein Schaf,
die Nachbarin hat ein Bäuchelein,
der Egger-Bub hängt auf der Wäschelein,
schlaf, Kindlein, schlaf.

### 5.1.6. Schlussbemerkung

Falls Sie sich fragen, wo Moni aus dem Titel des Heimatromans ist: Sie ist im Bäuchelein der Nachbarin, weil es auch bei den Nachbarn eine Familienidylle mit viel Liebe gibt.

## 5.2. Ein liebender Vater

### 5.2.1. Vorbemerkung

Selbstverständlich liebt auch ein Vater sein Kind, auch wenn ein Vater sein Kind nie so lieben kann, wie eine Mutter ihr Kind lieben kann, weil ein Vater andere Aufgaben hat als die Brutpflege. Er ist der Ernährer und Beschützer der Familie und das Vorbild des Kindes, weil jedes Kind braucht ein Vorbild. Außerdem kann sich ein Vater nie sicher sein, ob das Kind SEIN EIGENES FLEISCH UND BLUT ist. Daher ist immer eine GESUNDE EIFERSUCHT angebracht, so wie auch eine GESUNDE WATSCHEN immer angebracht ist. Im Heimatroman strotzt man halt so vor Gesundheit. Das sieht man schon allein an den roten Backen, der roten Nase und den roten Augen vom Friedl. Die gesunde Farbe kommt von der gesunden Landluft und dem vielen Obst trinken. Mehr zum Thema Gesundheit siehe Kapitel 20 *Ein Alkoholgenuss.*

### 5.2.2. Wie lieb der Papa die Mama hat (Teil 1)

Der Papa kommt von der Arbeit heim. Er torkelt und beim Reden spuckt er der Mama ins Gesicht.

Was gibt's heute Gutes, Mutter?
Knacker mit Sauerkraut.

Der Papa umklammert die Mama von hinten. Die Mama wehrt sich. Ich sitze im Hochstuhl, fahre mit dem Spielzeugauto auf der karierten Plastiktischdecke hin und her und mache neben den Falten in die Tischdecke, die ich nicht machen soll, brummbrumm. Im Radio spielen sie: Hab ich dir heute schon gesagt, dass ich dich liebe? Der Papa schiebt den Kittel der Mama über den Hintern. Hab ich dir heute schon gesagt, wie schön du bist? Die Mama hat einen Fettarsch. Sie sagt, den hat sie wegen mir, weil sie mit mir im Bauch FÜR ZWEI ESSEN hat müssen und ich einen Appetit gehabt habe als wie. Der Papa macht seinen Gürtel auf. Die Mama schneidet die Knacker auf den Seiten ein und legt sie in die Pfanne. Es zischt. Das Fett spritzt. Die Mama stößt den Papa weg und richtet ihren Kittel. Du stinkst aus dem Maul und geh dir die Hände waschen, wir essen gleich. Der Papa macht seinen Gürtel wieder zu. Hab ich dir heute schon gesagt, dass ich dich liebe? Hab ich dich heute schon gefragt, wie es dir geht? Er nimmt das Küchenradio und wirft es auf den Fliesenboden. Ich halte mir die Ohren zu. Ich höre durch die zugehaltenen Ohren, was der Papa schreit, während er auf die Mama eindrischt. Wie heißt er? Sag schon, wie er heißt! Ist der da überhaupt von mir? Der Papa zeigt mit ausgestrecktem Zeigefinger auf mich, was man nicht tut. Aus dem Radio kommt keine Musik mehr. Auf einem selbst gestickten Bild steht: Am häuslichen Herd sei Glück dir beschert.

### 5.2.3. Heute in Ihrer Zeitung

Jede fünfte Frau ab dem 15. Lebensjahr in Österreich ist von Gewalt betroffen. Jede Dritte wird sexuell belästigt. Hohe Dunkelziffer in Österreich. 80 Prozent der Täter sind keine Fremden. Unter gewissen Umständen: Jeder dritte Österreicher findet Vergewaltigung okay.

### 5.2.4. Die schönsten Schlager auf Radio Schlagerglück

Ich bin ein zärtlicher Tyrann,
der dir alles geben kann,
bin ein ganz normaler Typ,
der dich über alles liebt,
nur ein zärtlicher Tyrann.[5]

### 5.2.5. Wie lieb der Papa die Mama hat (Teil 2)

Der Papa kommt geduckt WIE EIN GESCHLAGENER HUND bei der Küchentür herein. Er hält ein Geschenk in Händen. Schau, was ich für dich habe, Mutter. Die Mama schaut nicht hin. Na, was wird das wohl sein. Sie schlägt zwei Eier in einer Plastikschüssel auf. Der Papa stellt das Geschenk auf den

---

5 Anmerkung Verlag: Bestellen Sie jetzt den Soundtrack zum Roman! Die CD *Wunschkonzert – Die schönsten Schlager aus Toni und Moni oder: Anleitung zum Heimatroman, gesungen vom Schöngrabener Männergesangsverein* ist demnächst im gut sortierten Handel erhältlich. Details finden Sie im Anhang.

Küchentisch und fällt vor der Mama auf die Knie. Gabi, das singe ich nur für dich:

Wenn das blaue Veilchen wieder blüht,
sing ich dir mein schönstes Liebeslied.
Immer, immer wieder,
knie ich vor dir nieder.

Ist ja gut und jetzt steh auf, was soll das Kind von dir denken. Der Papa steht auf und zwickt die Mama in die Arschbacke.

Was gibt's heute Gutes, Mutter?
Backhendel mit Erdäpfelsalat.

Der Papa gibt mir eine KOPFNUSS zur Begrüßung. Servus Bub, warst du brav? Ich nicke. Wenn du brav warst, darfst du das Geschenk auspacken. Ich zerreiße das Geschenkpapier. Die Mama klaubt die Papierfetzen vom Boden auf. Der Papa nimmt das Radio aus der Schachtel. Warte, schreit die Mama. Sie wischt mit einem Putzlappen über die Kredenz und legt ein gehäkeltes Deckchen drauf. Der Papa stellt das Radio auf das Deckchen. Die Mama schüttelt den Kopf.

Was das wieder gekostet hat.
Für die Gattin nur das Beste.

Der Papa streicht der Mama über das blaue Auge.

Gib dir eine Creme drauf, nicht, dass die Leute anfangen zu reden.
Die reden so oder so.

Der Papa schaltet das Radio ein. Auf Radio Schlagerglück spielen sie: Nimm den goldenen Ring von mir, dam dam, dam dam. Bist du traurig, dann sagt er dir, dam dam, dam dam. Marmor, Stein und Eisen bricht, aber unsere Liebe nicht. Der Papa packt die Mama an den Hüften. Na komm her, du. Er tanzt eine Runde mit ihr. Dann muss die Mama weiterkochen, weil die Männer EINEN MORDSHUNGER haben. Auf einem selbst gestickten Bild steht: Eine kluge Hausfrau kocht mit Fleiß des Ehegatten Lieblingsspeis.

## 5.2.6. Schlussbemerkung

Familienidylle pur. DA GEHT EINEM SO RICHTIG DAS HERZ AUF. Was höre ich da? Eine Leserin behauptet, Friedl wäre gar kein liebevoller Vater und Ehemann. Gabi solle mit Toni ins Frauenhaus gehen. Bei aller Wertschätzung, in einem schönen Heimatroman gibt es keine Frauenhäuser. Frauenhäuser zerstören Familien und eine Familie ist das Wichtigste im Leben. Eine gute Ehefrau, wie Gabi eine ist, sieht über die kleinen Schwächen ihres Ehemanns hinweg und das sollten Sie auch tun. Jeder hat so seine Fehler. Aber abgesehen davon ist Friedl ein Mann, für den sich so manche Frau ALLE ZEHN FINGER ABSCHLECKEN WÜRDE. Oder wann haben Sie das letzte Mal ohne Anlass ein Geschenk von Ihrem Gatten erhalten?

## 5.3. Liebende Großeltern

### 5.3.1. Vorbemerkung

Die Großeltern sind in jedem Heimatroman liebende Großeltern, die das Enkelkind verwöhnen. Die es nicht schlagen, weil das ist noch immer die Aufgabe der Eltern.

### 5.3.2. Wie ich bei Oma und Opa bin

Die Mizzi-Oma und der Poldi-Opa wohnen gegenüber und haben einen Bauernhof. Die Schafe machen mäh. Die Kühe machen muh. Die Katzen machen miau. GEHT EINE SCHWARZE KATZE VON LINKS NACH RECHTS, WIRD'S WAS SCHLECHT'S. Ich fange die Katze und ziehe sie am Schwanz. Die Katze heißt Minka. Der Hund heißt Bello und schnappt nach mir. Ich weine nicht, weil: EIN INDIANER KENNT KEINEN SCHMERZ. Ich laufe mit ausgestreckten Armen den Hühnern hinterher. Sie gackern und flattern mit den Flügeln. Die Mizzi-Oma schnappt sich ein Huhn. Schau Toni, so geht das. Sie packt das Huhn an den Füßen und legt es auf den Holzpflock. Mit der einen Hand hält sie die Füße und die Flügel zusammen, mit der anderen nimmt sie das Beil und hackt dem Huhn den Kopf ab. Sie legt das Huhn auf den Boden. Es zuckt und zappelt ohne Kopf bis zum Misthaufen. Das schaut lustig aus.

In der Küche holt die Mizzi-Oma die Eingeweide aus dem Huhn. Das Herz, die Leber und der aufgeschnittene Magen kommen in den Suppentopf, der Körper in den Backofen. Während der Körper eine knusprige Haut bekommt, brät die Mizzi-Oma die Erdäpfel im Schmalz heraus. Ich lege das Besteck auf den Tisch. Die Gabeln gehören links neben die Teller, die Messer mit der scharfen Seite nach innen rechts. Das mache ich immer falsch. Die Mizzi-Oma dreht die Messer um. Mit der scharfen Seite nach innen oder willst, dass sich jemand schneidet? Wenn das Essen fertig ist, darf ich den Poldi-Opa holen. Wir nehmen uns an den Händen und beten zum lieben Gott. Der Tisch ist gedeckt, bitte mach, dass es schmeckt. Zu Hause beten wir nicht vor dem Essen. Die Mizzi-Oma sagt zur Mama immer: Hättest du früher zum Herrgott gebetet, wäre uns einiges erspart geblieben. Das Essen schmeckt gut. Die Mizzi-Oma freut sich. Iss nur Bub, DAMIT DU EINMAL GROSS UND STARK WIRST.

**Lieber Toni!**
**(Neujahrsbaby von Schöngraben**
**an der Rauscher)**

*Du wirst heute vier,*
*darauf trinken wir Bier*
*und schenken dir*
*die Geburtstagsanzeige hier.*

*Alles Gute zum Geburtstag!*
*Papa, Mama, Opa, Oma*

# 6. Eine Liebe zu den Tieren

## 6.1. Vorbemerkung

Neben der romantischen Liebe, der elterlichen Liebe und der Liebe zu Gott gibt es die Liebe zu den Tieren, die im Heimatroman grenzenlos ist. Im Gegensatz zur Menschenliebe, die nach Grenzzäunen verlangt (siehe Kapitel 13 *Ein Wir-Gefühl* und Kapitel 14 *Eine klare Grenze zwischen Gut und Böse*). Wir lieben die Tiere und daher gibt es sie beim Dorfwirt von Dienstag bis Freitag als Menü (Montag Ruhetag). Ja, LIEBE GEHT DURCH DEN MAGEN. Ist das ein gutes Kalbsschnitzel! Ist das ein gutes Lammfleisch! Ist das ein gutes Spanferkel! Wusste ich es doch, dass Sie schon wieder hungrig sind, aber in diesem Kapitel geht es nicht ums Essen (es gab doch erst ein Grillhendel bei der Mizzi-Oma, Ihnen stecken noch die Hendelflachsen zwischen den Zähnen, verwenden Sie doch bitte einen Zahnstocher, ehe Sie weiterlesen), sondern um die Freude, die einem Tiere bereiten können. Sehen Sie die Rehe über die Felder laufen? Hören Sie die Kuhglocken, die von der Alm herunterklingen? Die Amseln singen? Da singen wir gleich mit: Schön ist es auf der Welt zu sein, sagt die Käfighenne zum Mastbetriebsschwein. Halt. Da hat sich eine Modernität eingeschlichen, die es im Heimatroman nicht gibt. Noch einmal von vorne. Auf drei. Und eins und zwei und: Schön ist es auf der Welt zu sein, sagt das Pipi-Hendi zum Freilaufschwein.

## 6.2. Wie lieb ich die Tiere habe

Ich gehe in den Kuhstall. Die Kühe schlagen mit ihren Schweifen nach den Fliegen. Die Fliegen surren. Eine setzt sich auf meine Stirn. Ich verscheuche sie. Ein paar zucken auf den gelben Klebestreifen, die von der Decke hängen. Auf einem Strohballen schläft eine getigerte Katze. Ein Kalb schaut mich an. Ich halte ihm meine Hand hin. Das Kalb schleckt über meinen Handrücken. Das kitzelt und ich muss lachen. Der Poldi-Opa kommt bei der Stalltür herein. Das ist die Sabine, die schlachten wir morgen, dann gibt's ein gutes Kalbsschnitzel. Der Poldi-Opa nimmt die Mistgabel und geht wieder hinaus. Ich gehe zum Karton, der in der Ecke steht. Im Karton sind Küken. Sie recken ihre Hälse in die Höhe und piepen. Ich nehme ein Küken heraus und streichle es. Es ist flauschig. Die Mama reißt die Stalltür auf.

Da ist er ja endlich, der Bub, kannst du einmal folgen, nur ein einziges Mal!
Schau, Mama, ein Küken.
Du sollst essen kommen, habe ich gesagt, aber sofort, sonst fängst eine.

Ich drücke das Küken fest an mich und gebe ihm ein Bussi auf den Kopf. Das Küken piept. Ich drücke es fester an mich. Es piept lauter. Dann piept es nicht mehr.

Mama, ist das Küken tot?
Du siehst ja, dass es tot ist und jetzt komm, oder willst, dass das Essen kalt wird.

Ich lege das Küken auf den feuchten Stallboden und starre es an. Die Mama nimmt mich an der Hand und schleift mich hinaus. Eine Kuh beginnt zu pinkeln.

Nach dem Essen gehe ich zurück in den Stall. Ich nehme das tote Küken und wickle es in ein Geschirrtuch. Das Geschirrtuch hat Löcher, die die Mama noch nicht gestopft hat. Ich laufe über die Straße nach Hause, ohne nach links und rechts zu schauen. Ich höre die Mama in meinem Kopf. Irgendwann können wir dich von der Straße kratzen. Ich gehe hinter das Haus. Bei den Fliedersträuchern am Zaun schaufle ich mit dem Suppenlöffel ein Grab. Ich lege das tote Küken hinein und bedecke es mit Erde. Aus Zündhölzern und Draht bastle ich ein Kreuz. Ich falte meine Hände und bete. Jesuskindlein komm zu mir, mach ein braves Kind aus mir. Das Geschirrtuch hänge ich zurück in die Küche.

## 6.3. Wie ich mir Namen für die Katzenbabys ausdenke

Ich entdecke Katzenbabys im Heustadel. Sie haben verklebte Augen. Die Minka schleckt den Katzenbabys über das Fell. Ich taufe sie Peterle, Mimi und Muschi. Ich rufe die Mizzi-Oma. Oma, schau, die Minka hat Junge bekommen! Die Mizzi-Oma holt einen Jutesack. Sie nimmt den Peterle, die Mimi und die Muschi und lässt sie in den Sack plumpsen. Den Sack schlägt sie ein paar Mal gegen die Hausmauer. Bei jedem Schlag bröckelt etwas vom Verputz herunter. Die Minka schmiegt sich an das Bein von der Mizzi-Oma und miaut.

## 6.4. Wie ich die toten Tiere begrabe

Ich schaue jeden Tag in den Heustadel, ob ich Katzenbabys finde. Der Mama darf ich nicht erzählen, was die Mizzi-Oma mit den Katzenbabys macht, weil SIE KANN KEINEM TIER WAS ZU LEIDE TUN. Ich schabe überfahrene Igel und Vögel von der Straße und sammle Mäuse aus den Mäusefallen ein. Wenn ich kein totes Tier finde, erschlage ich Fliegen mit dem Fliegenpracker oder der Hand. Ich reiße Regenwürmer in der Mitte auseinander und wette mit mir selbst, welche Hälfte weiterlebt. Ich drehe Käfer auf den Rücken und warte darauf, dass sie aufhören zu strampeln. Ich spucke auf Ameisen, die auf der Treppe bei der Eingangstür krabbeln. Ich beobachte, wie sie in der Spucke ertrinken. Dann bereite ich ihnen eine schöne Beerdigung. Bald habe ich einen Tierfriedhof mit vielen Kreuzen. Auf Spinnen und Weberknechte trete ich nur am Morgen. Weil: SPINNERIN AM MORGEN BRINGT KUMMER UND SORGEN. Am Abend töte ich keine Spinnen. Weil: SPINNERIN AM ABEND BRINGT GLÜCK UND GABEN. Die Spinnen, die ich am Abend finde, verstecke ich unter dem Kopfpolster von der Mama. Wenn die Mama in der Nacht schreit, weil ihr eine Spinne über das Gesicht läuft, muss ich laut lachen.

## 6.5. Was man mit Tieren noch machen kann

Beim Dorfwirt gibt es viele Tiere. Es gibt Rehe, Hirsche und Wildschweine. Die Geweihe und Köpfe der Tiere hängen an der Wand in der Gaststube. Jedes Mal, wenn der Schneckerlwirt ein Tier selbst erlegt hat, SCHMEISST ER EINE RUNDE SCHNAPS. Ich sehe ihn aber immer nur Schnaps trinken. Die meisten Tiere bringt der Jäger-Sepp. Der Schneckerlwirt sagt, er ERLEGT LIEBER DIE FRAUEN und STOPFT DIE DANN ORDENTLICH AUS. Dabei greift er sich auf seinen Spatz. Ich habe aber noch keine ausgestopften Frauenköpfe in der Gaststube gesehen. Vielleicht hängen sie in der Küche.

## 6.6. Wie sehr der Huber-Bauer die Tiere liebt

Die Mama schickt mich um ein Kalbfleisch zum Huber-Bauern. Ich gehe in den Stall. Die Kühe strecken ihre Köpfe durch das Fressgitter und beobachten mich. In der letzten Box ganz hinten im Stall schreit ein Kalb. Hinter dem Kalb steht der Huber-Bauer. Ich sage GRÜSS GOTT, weil EIN KIND HAT IMMER ZU GRÜSSEN. Der Huber-Bauer zieht schnell seine Hose hoch.

Ich habe dich gar nicht kommen hören.
Die Mama schickt mich um ein Kalbfleisch.
Sag ihr, ich schlachte erst morgen.

Ich gehe. Der Huber-Bauer ruft mir hinterher. WENN DU DEINEN MUND AUFMACHST, dann. Er deutet auf die Eisenketten, die an der Stallwand hängen. Ich nicke und laufe hinaus. Die Mama sagt immer: ES GIBT SACHEN, ÜBER DIE SPRICHT MAN NICHT. Ich weiß sofort, dass das so eine Sache ist, über die man nicht spricht. Langsam werde ich gescheiter. Das kommt von den Schlägen auf den Hinterkopf, weil EIN SCHLAG AUF DEN HINTERKOPF ERHÖHT DAS DENKVERMÖGEN.

## 6.7. Zwischenbemerkung

In Schöngraben weiß man noch, woher das Fleisch kommt. In Schöngraben legt man im Stall noch selbst Hand an. Hier kennt man sein Schnitzel noch persönlich.[6]

## 6.8. Ein empörter Leserbrief

Sehr geehrte Frau Piuk,
Sie haben keine Ahnung, wie es heutzutage in einem Betrieb zugeht. Die kleinen Bauernhöfe, die in Ihrem Roman vorkommen (der Hof der Großeltern und der Hof des Huber-Bauern, weiter habe ich noch nicht gelesen), gibt es nur mehr vereinzelt. Wer kann es

6 Liebe Petra, es gibt ein erstes schriftliches LeserInnenfeedback. Ich leite dir die E-Mail von Frau Rosalinde F. weiter, die sich berechtigterweise über die unzureichende Recherche beschwert. Bitte berücksichtige die Kritikpunkte und bau eine dementsprechende Szene in den Roman ein. LG Tanja

sich heute noch leisten, Qualität abzuliefern? Alle wollen sie ein billiges Fleisch haben, vor allem Stadtmenschen wie Sie einer sind, je billiger desto besser.

## 6.9. Die heutigen Prospektangebote für Sie zusammengestellt

Frisches Faschiertes! Pro Packung nur 1,99! Hendeltage! Minus 40 % auf Geflügel! Abgepackter Schinken! 2 + 1 gratis! Putenspieße mariniert nur 2,29!

## 6.10. Ein empörter Leserbrief (Fortsetzung)

Im Supermarkt, den sie uns neben das Dorf hingebaut haben, verkaufen sie ein Kilo Bauchfleisch um 2,99. Da kommen wir einfachen Bauern nicht mehr mit, so schaut es aus. Bleiben Sie bei den Tatsachen, sonst lese ich bis hierher und kein Wort weiter.
Hochachtungsvoll
Rosalinde F.[7]

---

7 Liebe Tanja, moderne Betriebe haben in einem Heimatroman nichts verloren. Ich lasse mir von einer Lektorin, die keine Ahnung von der Freiheit der Kunst hat, nicht sagen, was ich zu schreiben habe. LG Petra
Liebe Petra, ich rate dir inständig, deine Starallüren abzulegen. Die kannst du dir im Moment nicht leisten. Wenn du mit dem Heimatroman nicht deinen Durchbruch schaffst, kann es schnell wieder vorbei sein mit der SchriftstellerInnenkarriere. Dann kannst du wieder beim Privatfernsehen anfangen, willst du das? Also geh auf deine LeserInnen ein. Außerdem hast du dich vertraglich verpflichtet, sorgfältig zu recherchieren, „so dass Tatsachenbehauptungen und etwaige ehrverletzende Behauptungen lückenlos bewiesen werden können". LG Tanja
Liebe Tanja, gut, füge ich eben eine Szene über einen modernen Betrieb ein, weil eine gewisse Rosalinde F. sonst nicht weiterliest. LG Petra

## 6.11. Eine Geschichte zwischendurch: Stadtkinder machen einen Ausflug in einen modernen Betrieb

Liebe Kinder, ich bin die Lisa, und ich darf euch herzlich auf unserem Bauernhof begrüßen. Wer von euch war denn schon einmal auf einem Bauernhof? Noch keiner? Dann zeige ich euch, woher unser gutes Essen kommt. Nehmt erst einmal einen tiefen Atemzug und atmet die gute Pestizidluft ein, die von den Gemüsefeldern herweht. Herrlich diese Landluft, gell. Wir fangen bei den Schweinchen an. Wenn ihr mir folgen würdet. Wir haben eintausend Schweinchen, ja so viele, wir haben sie halt gern, die Schweinchen. So, da sind sie. Herzig sind sie, gell. Wie sie so eng nebeneinander und übereinander stehen, im eigenen Kot. Für uns kommt nur der härteste Spaltenboden in Frage, Stroh werdet ihr bei uns nicht finden, dafür stehen wir mit unserem Namen. Schaut, wie lieb sie sich gegenseitig die Ohren abbeißen. Ob die Schweinchen Namen haben? Na freilich haben die Schweinchen Namen: Das hier heißt 784 und das 785. Ja, macht ruhig Fotos von den blutenden Schweinchen ohne Ringelschwänzchen. Ihr sollt ja eine schöne Erinnerung an den Landausflug haben. Wir gehen weiter zu den Kälbern. Wisst ihr, wie ein Kuhbaby entsteht? Es gibt die Kuh und den Bullen, richtig. Na geh, haben dich deine Eltern nicht aufgeklärt. Kein Bulle besteigt heutzutage mehr eine Kuh. Dem Super-Bullen wird das Hochleistungssperma entnommen. Das wird tiefgekühlt und der Super-Kuh eingeführt. Das Super-Embryo wird der Super-Kuh entnommen und in eine Kuh der Klasse 2 transplantiert. Danach kann die Super-Kuh mit dem Super-Sperma des Super-Bullen sofort wieder befruchtet und ein weiteres Super-Embryo produziert werden und so weiter und so weiter. Ja, so schön kann moderne Tierliebe sein. Zum Abschluss habe ich ein ganz besonderes Schmankerl für die Kleinen unter euch. Wollt ihr die Küken sehen? Ja? Das habe ich mir gedacht. Schaut, hier haben wir die weiblichen Küken, die bekommen viel zum Fressen, damit sie schnell wachsen und wir sie bald panieren können. Unsere Pipi-Hendeln bekommen ausschließlich hochwertigen Genmais und erstklassiges Antibiotikum. Nur das Beste für unsere Pipi-Hendeln, sag ich immer. Da drüben haben wir die männlichen Küken. Wer möchte einmal ein Küken schreddern? Einfach hier oben einwerfen. Einer nach dem anderen, Kinder, nicht alle auf einmal, es warten noch Hunderte Küken darauf, geschreddert zu werden. Sehr schön macht ihr das. Na Kinder, hat euch die Stallführung gefallen? Kommt, jetzt gibt es eine gute Wurstjause.[8]

## 6.12. Schlussbemerkung

Wie wunderbar, dass zwischen Petra Piuk und ihrer Leserschaft wieder Harmonie herrscht und wir vom zur Genüge ausgeschlachteten Tierliebe-Thema zur romantischen Liebe überleiten können.

---

8 Liebe Petra, Frau Rosalinde F. hat eine Dankes-E-Mail geschickt. Sie freut sich außerdem darüber, dass du sie im Personenregister anführst und wird mit Begeisterung weiterlesen. LG Tanja

# 7. Ein schönes Mädchen

## 7.1. Vorbemerkung

Dass ein Mädchen schön ist, ist eine überflüssige Information.[9] Mädchen in Heimatromanen sind immer schön. Vor allem, wenn sie im gebärfreudigen Alter sind. Wenn aus schönen Mädchen Mütter geworden sind, sind sie nicht mehr schön, sondern fürsorglich. Dafür haben sie dann selbst ein schönes Mädchen. Oder mit etwas mehr Glück einen Buben. In unserem Fall ist es EIN GLÜCK IM UNGLÜCK, dass Moni ein Mädchen geworden ist, weil wäre Moni ein Bub, könnte ich die romantische Liebesgeschichte zwischen den beiden Nachbarskindern nicht erzählen. ~~So modern wollen wir es dann nämlich auch wieder nicht haben, gell, Frau Rosalinde F.! (siehe Kapitel 24.3 *Die Dorfbewohner über die gleichgeschlechtliche Liebe*)~~.[10]

## 7.2. Wie ich der Moni ein Bussi gebe

Wir haben Besuch. Im Radio spielen sie: Ein bisschen Spaß muss sein. Die Erwachsenen sitzen um den

9 Liebe Petra, abgesehen davon, dass sich deine Erzählinstanz nicht in meine Lektoratstätigkeit einmischen soll (sag ihr das), hat die Frau Schriftstellerin recht: etwas weniger Redundanzen im Fließtext bitte. Mir ist schon bewusst, dass das ein Stilmittel ist, aber dass ein Mädchen im Heimatroman schön ist, muss nun wirklich nicht betont werden. LG Tanja

10 Liebe Petra, Vorsicht, Autorinnenstimme! Ich erlaube mir, den Satz zu streichen. Halte dich mit deiner persönlichen Meinung im Hintergrund. LG Tanja

Küchentisch herum. Sie trinken Bier und Schnaps und erzählen Witze. Was haben Tirol und eine Jungfrau gemeinsam? Je weiter man reinfährt, desto mehr wird gejodelt. Alle brüllen vor Lachen. Wir Kinder (der Lukas, die Anna, der Stefan, die Moni, ich) laufen umher und können nicht leise sein. Dabei weiß jedes Kind, DASS ES STILL SEIN MUSS, WENN DIE ERWACHSENEN REDEN. Der Stefan schießt mit der Spielzeugpistole auf uns und wir fallen tot um. Der Papa lässt mich an seiner Zigarette ziehen. Ich muss husten. Hand vorhalten, schreit die Mama. Die Erwachsenen lachen. Wenn wir Besuch haben, ist es immer lustig. Der Tankstellen-Karli bläst mir den Zigarettenrauch ins Gesicht, während er mit der Anna Hoppe-Hoppe-Reiter macht. Ich muss wieder husten. Die Mama haut mir auf die Finger und schimpft. Halt dir gefälligst die Hand vor, wie oft noch? FÜR WEN PREDIGE ICH, FÜR DIE LUFT? Ich ziehe die Moni an den Zöpfen. Lieb sein, schreit die Mama. Der Papa sagt: Kommt, gebt euch ein Bussi! Ich zeige der Moni die Zunge. ZUNGE ZEIGEN TUT MAN NICHT, DENN DAS HEISST ICH LIEBE DICH! Schau, wie sie sich zieren! Aus denen wird noch einmal ein Liebespaar, ich sag euch das. WAS SICH LIEBT, DAS NECKT SICH. Und die Dirndln, die sich am Anfang am meisten zieren, können später nicht genug von einem kriegen. Alle reden auf uns ein. Gebt euch ein Bussi, nur eines! Die Moni spitzt ihre Lippen. Ich verschränke die Arme. Der Poldi-Opa hebt sein Schnapsglas. Toni, ich gebe dir einen Rat fürs Leben: HAST DU LUST, NIMM DIR EINEN ZUR BRUST, HAST DU GELÜSTE, NIMM BEIDE BRÜSTE.

Es lachen wieder alle. Der Papa nimmt die Brüste von der Mama in die Hände und schleckt sich über den Schnauzbart. So geht das, mein Sohn! Und jetzt SEI EIN MANN und gib der Moni ein Bussi! Ich gehorche, weil EIN KIND HAT ZU FOLGEN. Wenn ich mache, was der Papa sagt, darf ich außerdem den Bierschaum vom Bier runtertrinken. Ich gebe der Moni ein Bussi. Wir lachen und geben uns noch ein Bussi. Schau, wie lieb. Der Moni-Vater sagt zur Moni-Mutter: Gisela, wenn das so weitergeht, werden wir unserer Kleinen bald die Pille verschreiben müssen.

## 7.3. Schlussbemerkung

An dieser kitschig schönen Stelle setzt eine Schlagermusik ein und weil in Heimatromanen nach dem ersten Kuss kein Zweifel an der ewigen Liebe besteht, wird sogleich von einer Heirat geträumt und nicht wie im echten Leben darüber gesprochen, ob man nun zusammen ist oder nicht, ob das eine feste Beziehung ist oder eine offene, eine sexuelle Affäre oder eine Mehrpersonenliebe, eine heimliche Liebschaft oder eine Freundschaft Plus. Ich schlage vor:

Wir wollen niemals auseinandergehen,
wir wollen immer zueinanderstehen.
Mag hinter verschlossenen Türen auch noch so viel geschehen,
wir wollen niemals auseinandergehen.

**Lieber Toni!**
**(Neujahrsbaby von Schöngraben an der Rauscher)**

*Wir wissen, was wir an dir haben,*
*auch wenn wir es nicht immer sagen.*
*Daher schenken wir dir diese Worte*
*und eine Erdbeeroberstorte.*

*Alles Gute zum 6. Geburtstag!*
*Papa, Mama, Opa, Oma*

# 8. Eine seichte Handlung

## 8.1. Vorbemerkung

Ein Heimatroman verlangt nach einer einfachen Handlung mit viel Liebe: Bub (Toni) trifft Mädchen (Moni) und am Schluss wird geheiratet. Falls Sie der Meinung sind, ich habe Ihnen zu viel verraten: Die Handlung muss in einem schönen Heimatroman vorhersehbar sein, sonst wäre es kein schöner Heimatroman, sondern ein Krimi oder eine Literatur, in der am Schluss SCHON AUS PRINZIP NICHT geheiratet wird. Außerdem bevorzugen wir EINE LEICHTE KOST. Außer beim Essen, wo es ruhig deftiger sein darf, aber wer wird schon wieder ans Essen denken? Wir kehren daher zurück zur einfachen und vorhersehbaren Handlung: Toni und Moni üben das glückliche Ende. Wir sagen nur, nein, wir singen: Ganz in Weiß, mit einem Blumenstrauß, so siehst du in meinen schönsten Träumen aus. Singen Sie mit, schließen Sie dabei die Augen und träumen Sie von Ihrer Traumhochzeit (als Anregung für ein gelungenes Hochzeitsfest soll Ihnen das Kapitel 30.3 *Anregungen für ein gelungenes Hochzeitsfest* dienen). Zunächst laden wir Sie aber ein, einer ganz besonderen Trauung beizuwohnen. Wenn jemand etwas gegen diese Verbindung einzuwenden hat, möge er jetzt einen Leserbrief schreiben[11] oder FÜR IMMER SCHWEIGEN.

## 8.2. Wie die Moni und ich heiraten

Ich bin bei der Moni zu Hause. Sie nimmt mich an der Hand und zieht mich die Stufen zum Dachboden hinauf. Die Dachbodentür quietscht. Die Sonne scheint beim Dachfenster herein. Ich sehe die Staubkörner im Lichtkegel. Es riecht modrig. Alte Holzmöbel, Bilder und leere Flaschen stehen herum. Ich male mit dem Finger ein Herz in eine verstaubte Dopplerflasche. Die Moni öffnet die Holztruhe. Wir wühlen in alter Kleidung. Ich setze eine viel zu große Schirmkappe auf und ziehe eine Uniformjacke an,

---

11 Anmerkung Verlag: In den Betreff schreiben Sie bitte *Nein zur Hochzeit von Toni und Moni.* Wir ersuchen um schlagkräftige und stichhaltige Argumente, warum diese Ehe nicht eingegangen werden darf. Sollte mehr als die Hälfte der LeserInnen Einspruch erheben, wird die Vermählung in der zweiten Auflage nicht stattfinden.

die mir bis zu den Knöcheln reicht. Die Moni trägt ein weißes Nachthemd, das den Boden streift.

Willst du mich heiraten, Toni?
Moni!
Was ist?
Der Mann muss die Frau fragen.
Dann frag halt.
Willst du mich heiraten, Moni?
Und wo sind die Ringe?

Ich laufe nach Hause. Ich stolpere ein paar Mal über das Sakko. Die Mama steht in der Küche und klopft Schnitzel.

Wie schaust du denn aus, spielt ihr Krieg?
Nein, heiraten, darf ich deinen Ring haben, Mama?
Ich krieg meinen nicht mehr runter, frag deinen Vater, ob er was für dich hat.

Ich laufe zum Papa in die Werkstatt. An der Wand hängt ein Kalender mit einer nackten Frau drauf. Sie spreizt die Beine. Ich frage mich, von welchem Verein der Wandkalender ist. Wahrscheinlich vom Frauenverein. Sonst wären keine Frauen darauf. Ob vom evangelischen oder katholischen weiß ich nicht. Der Papa putzt die Pistole, mit der er seine Familie vor den Fremden beschützt, die zu uns kommen. Immer mehr kommen, sagen die Dorfbewohner. Gesehen habe ich noch keine. Papa, die Mama hat gesagt, du hast Ringe für mich, die Moni und ich heiraten. Der Papa legt die Pistole auf den Tisch und wirft dabei das Weinglas um. Der Rotwein breitet sich auf dem Tisch aus. Der Papa nimmt die nasse Pistole aus dem Wein. Er flucht. HERRGOTT NOCHMAL, schau, was du angerichtet hast! Er kramt in einer Lade und gibt mir zwei Kugellager. Da hast und sag deiner Mutter, dass der Vater keinen Wein mehr hat, und einen Fetzen zum Aufwischen soll sie mitnehmen.

Auf dem Dachboden steht die Moni in viel zu großen Stöckelschuhen vor dem verstaubten Spiegelschrank und betrachtet sich von allen Seiten. Im Haar trägt sie einen Schleier. Ich hole die Kugellager aus der Sakkotasche.

Willst du mich heiraten?
Ja, ich will.
Willst du mich lieben in guten wie in bösen Tagen?
Ja, ich will.

Wir stecken uns die Kugellager gegenseitig an die Finger und geben uns ein Bussi. Wir sind jetzt Braut und Bräutigam. BIS DER TOD UNS SCHEIDET, was er nicht kann, weil wir AN DAS EWIGE LEBEN glauben.

## 8.3. Schlussbemerkung

An das EWIGE LEBEN glauben wir genauso wie an die EWIGE LIEBE.[12] Ein Heimatroman ohne eine ewige Liebe ist wie ein Schweinsbraten ohne Semmelknödel. Der romantischen Liebe haben wir daher mehrere Kapitel geopfert: Eine Liebe (Teil 1), Eine Liebe (Teil 2), Eine unerfüllte Liebe, Ein Kampf um die Liebe (Teil 1), Ein Kampf um die Liebe (Teil 2) und, weil ALLE GUTEN DINGE DREI SIND: Ein Kampf um die Liebe (Teil 3). Eine neue Liebe ist nämlich wie ein neues Leben und auch wenn die Liebe manchmal ein seltsames Spiel ist und es sogar Tränen geben kann, die nicht lügen, so gibt es doch jedes Mal ein glückliches Ende, daher lohnt sich Liebeskummer nicht, my Darling. Trotzdem braucht jede noch so seichte (im positivsten Sinne seichte) Geschichte einen harmlosen und überwindbaren Konflikt.

---

12 Liebe Petra, apropos ewige Liebe: Weißt du schon, wie du die Handlung anlegen wirst, damit ein glückliches Ende unausweichlich ist? Der Abgabetermin ist in vier Monaten und du bist erst auf Seite 43. LG Tanja
Liebe Tanja, wenn ich glückliches Ende nur höre, muss ich kotzen. Im echten Leben gibt es Lügen und Trennungen und Pilateslehrerinnen. Muss es zwingend ein glückliches Ende geben? Und können wir den Abgabetermin um ein oder zwei Monate verschieben? LG Petra
Liebe Petra, nein, wir können den Abgabetermin nicht verschieben. Drucktermin, Erstverkaufstag und Erstpräsentationstermin stehen fest. Das Interesse für das Buch ist gewaltig. Es sind bereits 5000 Bücher vorbestellt. Du hast Lesungsanfragen von sämtlichen Literaturhäusern im deutschsprachigen Raum und Interviewtermine ohne Ende. Also, ohne dich unter Druck setzen zu wollen: Schreib den Roman fertig, und zwar mit dem glücklichsten Ende, das die Heimatromanleserschaft je gelesen hat. LG Tanja

# 9. Ein harmloser Konflikt

## 9.1. Vorbemerkung

Bei so viel Harmonie, die in Schöngraben an der Rauscher herrscht, ist es schwierig, einen harmlosen Konflikt zu finden. Selbst Petra Piuk fällt bei so viel Eintracht im Dorf keiner ein. Daher haben wir in der Figurensitzung beschlossen, eine Frühstücksszene in die Geschichte einzubauen, weil beim Frühstück immer die Zeitung gelesen wird und Zeitungen Konflikte herbeischreiben, wo keine sind. Da kann Petra Piuk noch etwas lernen! Schauen wir also Friedl und Gabi beim Durchblättern der Zeitung über die Schulter. Unsere tägliche Zeitung gib uns heute!

## 9.2. Wie wir die Zeitung lesen

In der Früh darf ich die Zeitung aus dem Briefkasten holen und dem Papa auf den Frühstückstisch legen. Zum Frühstück gibt es: Brot, Butter, Marmelade, Wurst, Streichkäse, Kinderkaffee für mich, Filterkaffee für die Mama, eine Flasche Bier für den Papa. Als Erstes studiert der Papa den Sportteil. Dann schaut er, ob es etwas Gescheites im Fernsehen spielt. Meistens spielt es nichts Gescheites im Fernsehen, außer sie übertragen ein Fußballmatch oder ein Schirennen. Die Mama schaut am liebsten Filme, in denen es um die Liebe geht, so wie sich jede Frau am liebsten Filme anschaut, in denen es um die Liebe geht.

Wenn der Hansi Hinterseer in einem Film singt, bekommt die Mama glasige Augen. Manchmal studiert der Papa die Zeitung nicht am Frühstückstisch, sondern auf dem Scheißhaus, weil das der einzige Ort im Haus ist, an dem er seine Ruhe hat. Wenn der Papa mit der Zeitung fertig ist, kriegt die Mama die Zeitung. Wenn jemand in der Zeitung steht, den sie kennt, freut sich die Mama, weil es dann Gesprächsstoff im Dorf gibt.

## 9.3. Wie man es in die Zeitung schafft

Freilich schafft es nicht ein jeder auf die Titelseite der Zeitung wie unser Dorfheld Toni, sonst könnte ja jeder ein Dorfheld sein. Aber es ist schon ein schönes Ereignis, wenn es jemand überhaupt in die Zeitung schafft.

### 9.3.1. Wie es die Mizzi-Oma in die Zeitung geschafft hat

Die Mizzi-Oma lächelt auf Seite 49 aus der Zeitung. Wenn man es mit einem Foto in die Zeitung geschafft hat, kann man stolz auf sich sein. Außer man ist mit einem Foto im Chronikteil. Dann braucht man sich nichts darauf einzubilden, weil dann ist man entweder ein Verbrecher oder tot. Oder beides. Die Mizzi-Oma ist GOTT SEI DANK nicht im Chronikteil, sondern im hinteren Teil der Zeitung, zwischen dem Sportteil und den Sexanzeigen.

**Mein Kochrezept**
Gekochte Rinderzunge nach Mizzi-Oma-Art

**Zutaten:**
1 Rinderzunge, gepökelt
1 Bund Suppengemüse
1 Lorbeerblatt
2 EL Butter
2 EL Mehl
125 ml Schlagobers
3 EL grober Senf
1 Prise Zucker
Salz und Pfeffer

**Zubereitung:**
Zum Garen der Zunge das Suppengemüse zerkleinern, die Zwiebel vierteln. Die Zunge in einen Topf geben und mit so viel Wasser aufgießen, bis alles bedeckt ist. Aufkochen und den Schaum abschöpfen. Das Suppengemüse und die Gewürze dazugeben und alles ca. 2 Stunden köcheln lassen. Anschließend die Zunge häuten. Für die Soße die Butter in einer Pfanne anschwitzen. Mit Mehl bestäuben und etwas bräunen lassen. Mit Schlagobers und etwas Zungenbrühe ablöschen. 5 Minuten köcheln lassen. Dann vom Herd nehmen und den Senf einrühren. Mit Salz, Pfeffer und Zucker kräftig abschmecken. Die Soße über die aufgeschnittene Zunge gießen. Mahlzeit![13]

13 Anmerkung Verlag: Wir empfehlen Ihnen das Buch aus unserem Verlagsprogramm: *Die besten Rezepte aus Toni und Moni oder: Anleitung zum Heimatroman.* Darin finden Sie Mizzi-Omas Zungenrezept sowie viele andere köstliche Hausmannskostrezepte wie zum Beispiel das geröstete Hirn mit Ei aus Kapitel 27 *Ein tragischer Schicksalsschlag.*

Für das Rezept bekommt die Mizzi-Oma ein Geld von der Zeitung (36,50 Euro). Mit dem Geld kann sie sich ihr Haushaltsgeld aufbessern. Wenn es eine Frau aus dem Dorf mit einem Rezept in die Zeitung schafft, sind die Zeitungen im Geschäft schnell ausverkauft. Ein paar Tage reden alle von dem Rezept. Im Geschäft reden sie davon, beim Bäcker reden sie davon, beim Fleischer reden sie davon. Wenn ich einmal richtig mit der Moni verheiratet bin, will ich auch, dass sie es mit einem Rezept in die Zeitung schafft. Dann kann ich stolz auf sie sein, so wie der Poldi-Opa stolz auf die Mizzi-Oma ist.

### 9.3.2. Wie ich es jedes Jahr in die Zeitung schaffe

Zum Geburtstag wünsche ich mir einen neuen Fußball. Ich bekomme aber jedes Jahr etwas, an das ich mich mein Leben lang erinnern werde. Ich gehe in die Küche. Ich höre keine Musik. Ich schaue zur Kredenz. Auf der Kredenz steht kein Radio. Auf dem Tisch steht ein Gugelhupf. Auf dem Gugelhupf brennen sieben Geburtstagskerzen und eine Lebenskerze. Die Mama lächelt. Ihr Auge ist geschwollen.

Da ist ja unser Geburtstagskind!
Wo ist der Papa?
Der schläft noch, der ist krank. Komm, wünsch dir was.

Ich hole tief Luft und blase die Kerzen aus. Ich wünsche mir, dass die Moni und ich heiraten, Kinder bekommen und eine glückliche Familie werden. Das sage ich aber nicht laut, weil SONST GEHT DER WUNSCH NICHT IN ERFÜLLUNG. Die Mama legt die aufgeschlagene Zeitung neben den Gugelhupf. Ich sehe das Foto von der Geburt. Die verschwitzte Mama, der besoffene Papa, das plärrende Kind mit dem Saugglockenschädel: Ich, der Toni.

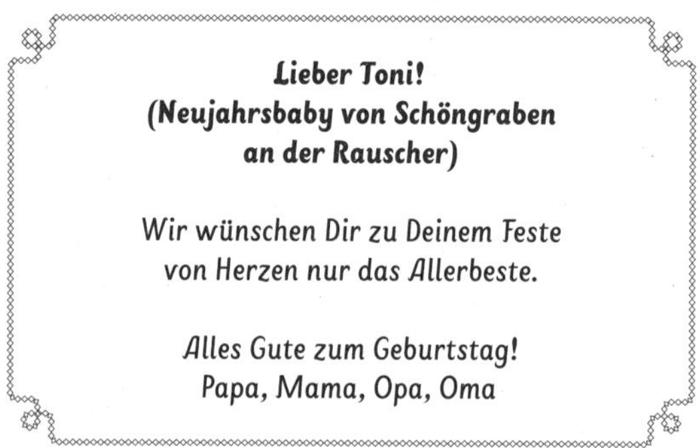
**Lieber Toni!**
**(Neujahrsbaby von Schöngraben an der Rauscher)**

Wir wünschen Dir zu Deinem Feste
von Herzen nur das Allerbeste.

Alles Gute zum Geburtstag!
Papa, Mama, Opa, Oma

Ich schlage die Zeitung zu. Die Mama schlägt sie wieder auf und schreit mich an.

Freust du dich nicht?
Doch.
Und was sagt man dann?

Wenn man an seinem Geburtstag mit einer Anzeige in der Zeitung ist, kann man dankbar sein, weil man dann wieder sieht, was man den Eltern wert ist (35 Euro).

An der Wand in der Stube hängen schon viele Glückwunschanzeigen neben dem Kreuz, dem Hochzeitsbild, den selbst gestickten Bildern, den Kalendern, die jedes Jahr durch neue ausgetauscht werden (im Gegensatz zu dem Foto auf den Glückwunschanzeigen, das jedes Jahr das gleiche ist). Manchmal glaube ich, die Mama und der Papa wollen nicht mir eine Freude machen, sondern sich selbst, und den Bewohnern der Nachbardörfer zeigen, dass Schöngraben ein Neujahrsbaby hat und sie nicht. Aber so schlecht darf ich nicht denken. ICH WEISS JA NICHT, WIE GUT ES MIR GEHT. Ich schlage mir mit der Faust auf die Stirn.

## 9.3.3. Wie es der Onkel Wilhelm in die Zeitung geschafft hat

Der Onkel Wilhelm hat es mit keinem Foto in die Zeitung geschafft, nicht einmal mit seinem Namen, was in dem Fall besser ist. Weil dass er es in die Zeitung geschafft hat, wissen nur die, die es was angeht, nämlich keinen. Der Bürgermeister sagt immer: Wir brauchen in Schöngraben keine schlechten Schlagzeilen. Deshalb hängt der Zeitungsausschnitt auch nicht in der Stube an der Wand, sondern liegt in einer Schachtel im Keller.

### 9.3.4. Heute in Ihrer Zeitung

> **Mann (39) rast mit seiner Familie in den Tod**
>
> Ein 39-jähriger Autofahrer ist am Sonntagnachmittag nach einem Kirtagbesuch mit seinem PKW von der Straße abgekommen und frontal gegen einen Baum geprallt. Der Mann erlag noch am Unfallort seinen Kopfverletzungen. Seine 34-jährige Frau und die beiden Kinder (3 und 8) sind auf dem Weg ins Krankenhaus gestorben. Unfallursachen dürften Alkohol am Steuer und überhöhte Geschwindigkeit gewesen sein.

### 9.3.5. Wie es die Großcousine in die Zeitung geschafft hat

Die Großcousine hat es nicht in die richtige Zeitung geschafft, sondern nur ins Bezirksblatt und in andere Zeitungen, die bei uns keiner liest, weil es in den Zeitungen weder ein Horoskop noch Kochrezepte gibt und sie außerdem kein praktisches Format haben. Die Großcousine hat keine Kinder und verheiratet ist sie auch nicht. Dabei sagen alle, dass sie gar nicht so verkehrt ausschaut, bis auf die Männerfrisur und die Krankenkassebrille. Dass sie nicht in Schöngraben geblieben ist, ärgert den Onkel Ernst und die Tante Waltraud, weil sie die Fleischerei jetzt zusperren können. Die Großcousine hat ihren eigenen Willen, sagt der Papa immer und DER GEHÖRT DEN FRAUEN AUSGETRIEBEN. Ich frage mich, wer ihr den Willen austreiben soll, wenn sie keinen Mann findet, der das übernimmt. Die Großcousine hat ein Buch geschrieben. Deswegen war sie im Bezirksblatt und sogar im Fernsehen. Zuerst waren alle stolz auf sie. Sie haben gesagt: Das ist meine Tochter. Das ist das Fleischerkind von unserem Dorf. Das ist die Enkelin vom Bruder unserer ehemaligen Nachbarin. Alle waren neugierig, ob das Buch ein Liebesroman oder ein Heimatroman ist. Dann hat der Bürgermeister das Buch gelesen und festgestellt, dass es weder ein Liebesroman noch ein Heimatroman ist und die Buchseiten zum Anheizen vom Schöngrabener Osterfeuer verwendet. Und weil der Bürgermeister das Buch gelesen und jedem den Inhalt[14] erzählt hat, hat es kein anderer aus dem Dorf mehr lesen müssen. Aber geredet haben sie alle darüber. Das ist ja die Geschichte einer Wahnsinnigen. Und die grausigen Szenen. Außerdem hat sie ständig vergessen, die Sätze zu Ende zu schreiben. Gescheiter wäre es gewesen, sie hätte keinen Roman, sondern ein Kochrezept geschrieben.

## 9.4. Ein Rätselspaß

Finden Sie im Suchbildrätsel der Zeitung auch immer alle fünf Fehler? Wenn dem so ist, ist Ihnen sicherlich nicht entgangen, dass das Kapitel 9.3.5 ein

14 Anmerkung Verlag: Lucy ist 23 und heißt eigentlich Linda. Sie ist süchtig nach Bewunderung und hat ein großes Ziel: Hollywood. Wie sie dorthin kommt, um eine berühmte Schauspielerin und Oscar-Preisträgerin zu werden, ist ihr ziemlich egal, Hauptsache, es geht schnell. Ein spannungsgeladener Roman über Realitätsverlust und Größenwahn.
ISBN 978-3-218-01026-9, 192 Seiten, 19,90 Euro.

Vorausblick war, den uns Toni gegeben hat. Bei der Frühstücksszene ist Toni sieben Jahre alt. Ihren ersten Roman wird die Großcousine aber erst veröffentlichen, wenn Toni siebzehn ist. Wer den Fehler ohne Hilfe entdeckt hat, darf sich einen Himbeergeist genehmigen. Prost! Und für die Rätselfreudigen unter Ihnen haben wir noch ein Ratespiel vorbereitet: Wer aus dem Dorf wird es in einem späteren Kapitel noch in die Zeitung schaffen? Tonis jährliche Geburtstagsanzeigen zählen ebenso wenig wie das Kochrezept von der Fini-Tant in Kapitel 24. Die Auflösung gibt es in Kapitel 27. Schummeln gilt nicht. Sollten Sie sich dabei ertappen, schummeln zu wollen, schlagen Sie sich - sofern Sie die Hardcover-Ausgabe und nicht die gekürzte Groschenheftversion in Händen halten - mit dem Buch kräftig auf die Finger oder fordern Sie ein Familienmitglied auf, das für Sie zu tun. Weil: STRAFE MUSS SEIN.

## 9.5. Wie wir die Zeitung lesen (Fortsetzung)

Die Mama blättert in der Zeitung. Heute steht kein bekannter Name drinnen, was sehr schade ist. Vor jedem Umblättern schleckt die Mama mit der Zunge über die Finger. Jedes Mal, wenn sie das macht, verzieht der Papa das Gesicht. Was der Papa auch nicht mag: Wenn die Mama alles, was sie liest, kommentiert. Leute gibt es! Na, dass es so was gibt! Hast du das schon gelesen? Schauen wir, was das Horoskop heute sagt. Der Wetterbericht sagt Regen und Sturm vorher, mit Böen bis zu 120 Stundenkilometer.

### 9.6. Schlussbemerkung

Halt. Wir waren auf der Suche nach einem harmlosen und überwindbaren Konflikt und nicht gleich nach einer Schlechtwetterfront. So einen Wetterbericht wollen wir in einem schönen Heimatroman genauso wenig lesen wie Nachrichten aus der Welt. Ein Weltgeschehen kann hier keiner brauchen. Und eine Schlechtwetterfront noch viel weniger. In einem Heimatroman scheint immer die Sonne. Wie soll das bitteschön ein schöner Heimatroman werden, wenn die eigenen Figuren vom schlechten Wetter reden? Bevor wir uns also auf die Suche nach einem harmlosen und überwindbaren Konflikt machen, müssen wir anscheinend über Grundsätzliches reden.

## 10. Ein strahlender Sonnenschein

### 10.1. Vorbemerkung

In einem Heimatroman herrscht strahlender Sonnenschein. Das ist eine Selbstverständlichkeit. Mir war nicht klar, dass das keine Selbstverständlichkeit ist. Sollten Sie also bei einem der vorhergehenden Kapitel keine Sonne, sondern Wolken oder gar Regen oder schlimmer noch einen Hagelsturm oder ein Gewitter vor Ihrem inneren Auge gesehen haben, bitte ich Sie eindringlich, zurückzublättern und noch einmal von vorne zu beginnen, um uns nicht die ganze Stimmung kaputtzumachen. Sollten Sie hinter dem letzten Satz ein Rufzeichen benötigen, um zu handeln, denken Sie sich bitte eines aus. Gerne auch zwei. Oder zehn. Aber tun Sie es, damit Sie sich rasch wieder in unser sonniges Wir einfügen können. Schluss mit dem Schlechtwetter und der Rede von einem Klimawandel, der nun auch in Heimatromanen Einzug halten soll. Die Sonne scheint. Immer. Wir streichen das düstere Wetterkapitel aus unserem Gedächtnis und fechten den Wetterbericht bei der Gerichtsstelle für gefällige Heimatliteratur an und zwar so lange, bis er für uns passt.

## 10.2. Wiederholung des Kapitels 9.5. aufgrund des Beschlusses der Gerichtsstelle für gefällige Heimatliteratur

Die Mama blättert in der Zeitung. Heute steht kein bekannter Name drinnen, was sehr schade ist. Vor jedem Umblättern schleckt die Mama mit der Zunge über die Finger. Jedes Mal, wenn sie das macht, verzieht der Papa das Gesicht. Was der Papa auch nicht mag: Wenn die Mama alles, was sie liest, kommentiert. Leute gibt es! Na, dass es so was gibt! Hast du das schon gelesen? Schauen wir, was das Horoskop heute sagt. Der Wetterbericht sagt strahlenden Sonnenschein vorher und bis zu dreiundzwanzig Grad.

## 10.3. Eine schöne Landschaft bei Sonnenschein

Der Berg ruft, wenn die Heide und der weiße Flieder wieder blühen. Dort oben, wo die Alpen glühen und tausend rote Rosen blühen. Es ist ein kleines Naturwunder, das uns der Schöpfer in seiner besten Laune geschenkt hat. Sehen Sie, das ist meine Heimat! Land der blauen Berge[15], Land der blauen Seen. Darüber ein Himmel, so blau. Blau ist eine schöne Farbe. Auch wir sind ständig blau. Das ist gleich eine ganz andere Heimatstimmung hier. Da möchte man am liebsten wieder ein Lied anstimmen. Ja, ja, so blau, blau, blau blüht die Kornblume. ~~Nur wenn sie verwelkt ist, ist sie braun. Deshalb spielen die Heimatfilme nie im Herbst, weil man sonst sehen würde, dass die ganze Landschaft unter den prächtigen Farben braun ist.~~[16]

## 10.4. Schlussbemerkung

Nach der Schlechtwetterfront müssen wir ein wenig durchatmen. Bevor also unser Bösewicht (Rätselfrage: Wer könnte das sein?) im Dorf Unruhe stiften und den Konflikt heraufbeschwören wird, beschäftigen wir uns mit den wahren Werten Liebe und Familie.

---

15 Liebe Petra, da sind sie ja endlich, die Berge! Die Vertreterkonferenz ist gut verlaufen, alle sind begeistert vom Cover. Hast du schon eine Szene ausgearbeitet, die in den Bergen spielt? Du weißt ja: Show, don't tell! LG Tanja
Liebe Tanja, ja, ich weiß. Aber bitte stress mich nicht. Stress führt bei mir zu einer Schreibblockade. LG Petra

16 Liebe Petra, DAS geht zu weit, es ist ein HEIMATroman. LG Tanja

# 11. Eine Familienidylle (Teil 2)

## 11.1. Vorbemerkung

Die Bestandteile einer richtigen Familie sind:

1. Vater
2. Mutter
3. Kind

Ein Kind braucht natürlich Geschwister. Je mehr Buben sich unter der Kinderschar befinden, desto besser für das Ansehen in der Gemeinde und den Fortbestand des Familiennamens, auch wenn es immer mehr Frauen gibt, die nach der Eheschließung ihren Namen genauso beibehalten wollen wie ihre Unabhängigkeit, was abzulehnen ist. Ein scharfer Wachhund (z. B. deutscher Schäferhund) macht das Familienglück vollkommen.

## 11.2. Wie die Moni und ich Vater-Mutter-Kind spielen (Teil 1)

Die Moni kocht in der Puppenküche das Abendessen. Im Puppenwagen liegt eine Puppe, die im Spiel unser Kind ist und Susi heißt. Ich gehe aus dem Zimmer und spiele, dass ich von der Arbeit nach Hause komme. Ich zwicke der Moni in die Arschbacke.

Was gibt's heute Gutes, Mutter?
Schweineschnitzel mit Pommes.

Ich setze mich an den gedeckten Kindertisch. Die Moni legt ein Plastikschnitzel und Plastikpommes auf meinen Teller. Ich tu so, als würde ich einen Bissen abschneiden und essen.

Da fehlt Salz.
Nein, da fehlt kein Salz.
Doch, da fehlt Salz.

## 11.3. Ein schönes Familienessen

### 11.3.1. Vorbemerkung

Toni spielt nicht nur die Rolle des Vaters. Er darf auch Kind sein. So wie man nur auf dem Land noch Kind sein darf. An ein paar Regeln bei Tisch muss er sich aber schon halten. So wie der liebe Gott Gebote hat, die man befolgen muss, muss man auch die Gebote der Eltern befolgen, weil DIE ELTERN SIND DIE STELLVERTRETER GOTTES AUF ERDEN.

### 11.3.2. Die Zehn Gebote der Tischmanieren

Erstes Gebot: MIT DEM ESSEN SPIELT MAN NICHT.

Zweites Gebot: Nicht mit dem Stuhl schaukeln.

Drittes Gebot: WAS AUF DEN TISCH KOMMT, WIRD GEGESSEN.

Viertes Gebot: Gerade sitzen.

Fünftes Gebot: DAS BESTECK IST KEIN SPIELZEUG.

Sechstes Gebot: Nicht schmatzen, nicht schlürfen, nicht schlingen.

Siebtes Gebot: MIT VOLLEM MUND SPRICHT MAN NICHT.

Achtes Gebot: Sitzen bleiben bis alle fertig sind.

Neuntes Gebot: Bitte und Danke sagen.

Zehntes Gebot: AUFESSEN, SONST SCHEINT MORGEN KEINE SONNE.

### 11.3.3. Wieso ich keinen Nachtisch bekomme

Ich versuche, mich an die Gebote zu halten, weil ich nicht will, dass die Mama mit mir schimpft. Außerdem will ich ein Eis haben. Ich mache trotzdem immer wieder Fehler, aber nicht mit Absicht, sondern WEIL ICH EIN TROTTEL BIN, DEM NICHT ZU HELFEN IST. Ich schlage mit dem Besteck gegen den leeren Teller. Hunger, Hunger, Hunger! Die Mizzi-Oma nimmt mir das Besteck weg. Der Poldi-Opa schaltet das Radio ein. Im Radio wird gejodelt. Ich schaukle mit dem Stuhl vor und zurück. Die Mama bringt das Essen und schreit mich an: Wennst nach hinten kippst, schlägst dir den Schädel auseinander! Ich setze mich ordentlich hin. Es gibt Grillkotelett mit Petersilerdäpfel und Kopfsalat mit viel Essig, weil: SAUER MACHT LUSTIG. Lachen darf man bei Tisch trotzdem nicht. Ich spritze die Plastiktischdecke mit Ketchup voll. Die Mama schnauft. Ich schlecke mit der Zunge über die Tischdecke. Die Mama hebt den Arm. Iss jetzt ordentlich! Der bettelt ja schon wieder um eine Watschen! Die Mizzi-Oma schimpft die Mama.

Lass den Buben in Ruh, er wird es schon noch lernen.
Der wird das nie lernen, keine Manieren, der Sautrottel der, kannst du vielleicht auch einmal was sagen, Friedl.
Mach, was deine Mutter sagt.

Ich esse alles brav auf. Die letzten Bissen stopfe ich in mich hinein und schreie: Erster! Dabei fallen mir ein paar Fleischbrocken aus dem Mund. Die Mama schlägt mir auf den Hinterkopf. MIT VOLLEM MUND SPRICHT MAN NICHT! Dem muss man wirklich alles dreimal sagen, dem depperten Buben. Ich schlucke den Bissen hinunter.

Krieg ich jetzt ein Eis, Mama?
Jetzt will er ein Eis auch noch haben, na wirklich nicht.

Der Papa rülpst. Der Poldi-Opa furzt und sagt: WER NICHT FURZT UND WER NICHT RÜLPST, DEM HAT ES NICHT GESCHMECKT. Ich will auch rülpsen, es geht aber nicht.

### 11.3.4. Schlussbemerkung

LEIDER GOTTES bekommt Toni trotz bitten und betteln kein Eis. Weil: EIN NEIN IST EIN NEIN. Was nicht bedeutet, dass wir uns keinen Nachtisch verdient haben. Denn was wäre ein Heimatroman ohne seine herrlichen Süßspeisen. Mohnnudeln. Kaiserschmarrn. Marillenkuchen. Powidltascherln. Milchrahmstrudel. Linzer Torte. Salzburger Nockerl. Da haben wir gleich wieder eine schöne Melodie im Kopf. Süß wie die Liebe und zart wie ein Kuss. Und dazu viel Schlag, wie man hierzulande zur Sahne sagt. Wir Österreicher haben eben die bildhaftere Sprache. Eine Erklärung für unsere deutschen Urlaubsgäste, die wir immer willkommen heißen (siehe Kapitel 17 *Eine ehrliche Gastfreundschaft*): Der Schlag heißt Schlag, weil man ihn mit dem Schneebesen schlägt wie ein Kind mit dem Kochlöffel oder ein Tier mit dem Besenstiel. Falls sich Frauen benachteiligt fühlen, weil sie in dieser kurzen Aufzählung nicht erwähnt werden: In diesem Roman werden Frauen nicht mit Gegenständen behandelt. Friedl zum Beispiel reicht die geballte Faust, hie und da auch die flache Hand. Möchten Sie noch ein bisschen Schlag zum Apfelstrudel?

**Lieber Toni!**
**(Neujahrsbaby von Schöngraben**
**an der Rauscher)**

*Wie hat er das nur gemacht?*
*So plötzlich und über Nacht*
*ist der Toni acht.*
*Schön, dass er wieder aus der Zeitung lacht!*

*Alles Gute zum Geburtstag!*
*Papa, Mama, Opa, Oma*

# 12. Eine Liebe (Teil 1)

## 12.1. Wie die Moni und ich Vater-Mutter-Kind spielen (Teil 2)

Die Moni füttert die Puppe. Ich spiele, dass ich von der Arbeit nach Hause komme und lalle wie ein Erwachsener. Ich reiße der Moni die Puppe aus der Hand und werfe die Puppe in den Puppenwagen. Jetzt weint die Susi, aber BIS SIE HEIRATET, IST ES WIEDER GUT. Ich schubse die Moni aufs Kinderbett und halte ihre Arme fest. Sie wehrt sich im Spiel. Ich ziehe mir die Hose hinunter, schiebe ihren Rock hinauf und lege mich auf sie drauf.

Nicht, hör auf, das Kind.
Das Kind kriegt nichts mit.

Die Moni bleibt ruhig liegen. Ich reibe meine Unterhose an ihrer Unterhose. Ich stöhne. Sie stöhnt auch. Das Bett quietscht.

Wenn ich groß bin, stecke ich meinen Spatz richtig in die Moni hinein. So wie der Papa in die Mama. Und der Moni-Vater in die Freundin der Moni-Mutter. Und der Bürgermeister in die Ildikó. Und der Huber-Bauer in das Kalb. Und der Pfarrer in den Lukas. Und der Tankstellen-Karli in die Anna.

## 12.2. Zwischenbemerkung

Die Geschichten vom Moni-Vater, vom Bürgermeister, vom Huber-Bauern, vom Dorfpfarrer und vom Tankstellen-Karli entsprechen nicht der Wahrheit. Das sind Gerüchte, über die man nur hinter vorgehaltener Hand spricht, wenn man überhaupt über sie spricht. Weil: REDEN IST SILBER, SCHWEIGEN IST GOLD. Wir jedenfalls hören zum ersten Mal davon. Wir wissen von nichts, und wir werden uns davor hüten nachzufragen. WAS ICH NICHT WEISS, MACHT MICH NICHT HEISS. Für die Leser, die jedem beliebigen Gerücht, das sie in den Nachrichten bringen, Glauben schenken, hier eine Richtigstellung, die auf alternativen Fakten beruht.

## 12.3. Aus dem Polizeiprotokoll

### 12.3.1. Fall Moni-Vater

Walter S. ist gemeinsam mit Dorli W. im Wald Pilze suchen, als beide zufällig zur selben Zeit einen heftigen Harndrang verspüren. Just in dem Augenblick, als sie sich aus Gründen der Hilfsbereitschaft ihre Wanderhosen gegenseitig herunterziehen, werden sie von Hertha D. erwischt, die ebenfalls Pilze sucht und im Gegensatz zu Walter S. auch welche gefunden hat, wie der beschlagnahmte Korb voller Eierschwammerl und Parasole beweist. Daraufhin läuft diese zum Dorfwirt und verbreitet das Gerücht, Walter S. würde im Wald gar keine Pilze suchen, höchstens Scheidenpilze.

### 12.3.2. Fall Bürgermeister

Josef Sch. ist laut eigener Aussage dazu verpflichtet, die Papiere der Laufhausmädchen mehrmals wöchentlich zu überprüfen, und zwar persönlich, um illegal beschäftigten Mädchen, die er in seiner Gemeinde nicht duldet, die Handschellen anzulegen. Dies stellt eine besondere Maßnahme dar, die aber von ihm verlangt würde, schließlich müsse er als Bürgermeister eine gewisse Härte mitbringen, die sich auch bei den Laufhausbesuchen immer wieder bezahlt mache.

### 12.3.3. Fall Huber-Bauer

Im Falle des beschuldigten Reinwald H. ist der Sachverhalt eindeutig: Toni erfindet eine Geschichte, um sich als Romanfigur interessanter zu gestalten, aber solche Geschichten gibt es heutzutage nicht mehr, schon gar nicht in Schöngraben an der Rauscher, wo es so etwas noch nie gegeben hat, wie ein Blick in die verschwundenen Akten beweist.

### 12.3.4. Fall Dorfpfarrer

Über den Dorfpfarrer lassen die Dorfbewohner nichts kommen, da könne er laut der Dorfältesten Burgi R. hinter den Kirchenmauern kommen, so oft er wolle. Über einen Mann der Kirche rede man nicht schlecht, da seien sich alle bis auf Lukas einig, wegen dem der Pfarrer beinahe versetzt worden wäre, was Burgi R. mit ihrer Bürgerinitiative *Schöngraben hält dem Pfarrer die Stange* gerade noch rechtzeitig verhindern konnte, im Gegensatz zum Kellerarrest für Lukas, den sie gar nicht zu verhindern beabsichtigte, weil DAS IST DIE STRAFE GOTTES.

### 12.3.5. Fall Tankstellen-Karli

Karl E. ist ein treuer Ehemann und liebevoller Familienvater, der zu Anna ein inniges Vater-Tochter-Verhältnis pflegt und sie jeden Abend in den Schlaf streichelt, was nicht viele Väter tun, da können sich einige EIN STÜCK VON IHM ABSCHNEIDEN, nur nicht sein bestes, das braucht er, wie wir wissen und nicht wissen wollen, womit der Fall geschlossen ist.

# 13. Ein Wir-Gefühl[17]

## 13.1. Der Schöngrabener Männergesangsverein

Wir sind wir. Wir halten zusammen. Wir sind wir. Wir sind hier geboren. Wir sind wir. Wir sind hier aufgewachsen. Wir sind wir. Wir leben hier. Wir sind wir. Wir haben schon immer hier gelebt. Wir sind wir. Wir haben das Recht, hier zu leben. Wir sind wir. Wir sind hier daheim. Wir sind wir. Wir sind unter uns. Wir sind wir. Wir bleiben unter uns. Wir sind wir. Wir halten die Fahne hoch. Wir sind wir. Wir schätzen Werte wie Ehre und Treue. Wir sind wir. Wir lieben die Heimat. Wir sind wir. Wir sind Schöngrabener und stolz darauf. Wir sind wir. Schöngraben zuerst. Wir sind wir. Und erst dann alle anderen. Wir sind wir. Weil's um Schöngraben geht. Wir sind wir. Wären alle wie wir, wäre die Welt eine bessere.

---

17 Liebe Petra, hast du den LeserInnen nicht versprochen, nach dem Familien- und Liebeskapitel den Bösen bzw. die Böse zu präsentieren? LG Tanja
Liebe Tanja, die Großcousine weigert sich nach Schöngraben zu fahren. Ich habe in Kapitel 15.4 ein Meeting mit ihr. LG Petra
Liebe Petra, gut, dass du keine Kriminalromane schreibst, jetzt hast du den LeserInnen verraten, wer die Böse ist. LG Tanja
Liebe Tanja, wer liest schon Fußnoten? LG Petra

## 13.2. So stärken wir ein Wir-Gefühl

1. Gemeinsam trinken. Was verbindet die Menschen mehr als ein Glas roter oder weißer Schankwein?
2. Verbindende Lieder singen (z. B. Ruck ma zam, stoß ma an, solang ma was zum Trinken hab'n).
3. Einem Verein beitreten (z. B. dem Schöngrabener Männergesangsverein).
4. Gemeinsam schimpfen, lästern, raunzen, keifen, jammern.
5. Stammtischparolen solange wiederholen, bis sie zur Wahrheit werden.
6. Stammtischspiele spielen (z. B. Schiffe versenken oder andere lustige Spiele).

## 13.3. Ein Würfelspiel für die ganze Familie

Toni, Moni, kommt! Wer spielt noch mit? Alle an den Start. Wenn Sie im Ziel sind, dürfen Sie leben. Sie haben ja das Recht zu leben. Jeder Mensch hat das Recht auf Leben, Freiheit und Sicherheit. Auch Sie haben das Recht, in einem sicheren Land sicher zu leben, vorausgesetzt Sie schaffen es sicher ans Ziel. Die Spielregeln sind so weit klar? Dann kann es losgehen. Hinein ins Leben! Beachten Sie bitte die Produktplatzierungen. Wer fängt an zu würfeln? Toni hat eine Drei. Drei Felder vorwärts. Der Nächste, immer der Reihe nach. Friedl würfelt eine Fünf. Schnell hinaus aus der Bombenstadt. Und weiter geht's. Eine Vier für die Moni-Mutter. Sie werden von einem

Granatsplitter getroffen, einmal aussetzen. Mensch, ärgere dich nicht. Eine Fünf, eine Zwei, eine Drei. Da vorne ist das Meer. Buchen Sie jetzt Ihren Traumurlaub. Urlaub bei Freunden. Eine Sechs für den Poldi-Opa. Ein Schiff wird kommen. Sie bekommen einen Platz im Schlauchboot. Er hat ein knallrotes Gummiboot, mit diesem Gummiboot fahren wir hinaus. Viel Urlaub für wenig Geld. Gabi ist dran. Eine Eins. Von der Küstenwache erwischt. So nah, so fern. Drei Felder zurück. Eine Vier. Eine Zwei. Eine Fünf. Eine Seefahrt, die ist lustig, eine Seefahrt die ist schön. Ein Sturm zieht auf, meterhohe Wellen bringen das Boot zum Kentern. 17 Tote. 44 Tote. 400 Tote. Eine Fünf für Moni. Kreuz und quer durchs Mittelmeer. Sie verdursten an Bord eines ziellos umhertreibenden Bootes. Ausgeschieden. 9 Tote. 21 Tote. 700 Tote. Einfach einmal abtauchen und so richtig relaxen. Wir haben die besten Reisetipps für Ihren Urlaub: Ausreichend Wasser trinken! Belebt die Sinne. Eine Picknickpause ist toll. Good Food, good Life. Und reisen Sie nicht zur Hauptverkehrszeit, das schont die Nerven. Toni ist dran. Eine Sechs. Sie haben das Festland erreicht und dürfen noch einmal würfeln. Mit einer Eins müssen Sie zu Fuß über die Grenze. Mit einer Sechs können Sie sich eine Fahrt mit dem LKW leisten. Eine Eins. Ein langer Fußmarsch steht Ihnen bevor. Eine Zwei. Eine Vier. Ihre Fußsohlen bluten, Sie müssen pausieren, zweimal aussetzen. Achten Sie bei langen Wanderungen auf das richtige Schuhwerk! Kleidung clever kaufen! Wer ist dran? Der Moni-Vater. Eine Sechs. Hinein in den Kombi, den Lastwagen. Anschnallen nicht vergessen! Hinein,

hinein! Alle hinein! 42, 43, 44. Rücken Sie zusammen! 55, 56, 57. Haben Sie auch eine Reiseversicherung abgeschlossen? Ihre Ängste möchten wir haben! Da passen noch Kinder in die Lücken. 68, 69, 70, 71. Wir wünschen eine gute Fahrt! Nur ein Kühlwagen ist ein Kühlwagen. Genießen Sie die Aussicht, die es nicht gibt, denn Sie gibt es ja auch nicht. Noch nicht. Wenn Sie im Ziel sind, dann gibt es Sie. Aber so weit müssen Sie erst einmal kommen! Eine Fünf, eine Eins. Die Mizzi-Oma würfelt eine Zwei. Gratulation, Sie sind in Österreich. Ankommen und aufleben. Wo fühlt sich jeder Gast daheim, in Österreich, in Österreich. Würfeln Sie eine Sechs und Sie dürfen in Würde, also mit ein klein wenig Würde, aber immerhin leben. Wo sind die Menschen super drauf, in Österreich, in Österreich. Eine Eins für die Moni-Mutter. Pech gehabt. Sie landen in der Pannenbucht. Ausgeschieden. Einundsiebzig Mal ausgeschieden. Wenn es einmal nicht so gut läuft, atmen Sie tief durch und gönnen Sie sich eine Tasse heißen Kaffee. What else? Eine Vier, eine Drei, eine Sechs. 10 Felder vorwärts! Sie dürfen mit dem Zug fahren und dabei sogar die Aussicht genießen. Die Sonnenseite Österreichs. Ist das eine schöne Aussicht! Genießen Sie die Aussicht, solange Sie noch eine haben. 20 Felder vorwärts für Toni. Willkommen! Eine Vier, eine Zwei. Eine Drei. Mit der Willkommenspolitik ist es vorbei. Sie stehen vor einem Zaun, nein, vor einer Stacheldrahtmaßnahme. Nehmen Sie eine Karte vom Kartenstapel HÄSSLICHE BILDER: Verhungert. Erfroren. Erschossen. Entführt. Kinder zwangsprostituiert. Neueröffnung! Neue sexy Asiagirls, alles möglich. Und weiter geht's.

Eine Vier für Gabi. Sie dürfen passieren. Eine Eins für Friedl. Sie müssen leider draußen bleiben. Auch wenn Sie der Mann Ihrer Frau und der Vater Ihres Kindes sind. So sind die Spielregeln und wir befinden uns immer noch auf dem Spielfeld. Gehen Sie drei Felder zurück. Vier Felder zurück. Sechs Felder zurück. Zurück müssen Sie nicht schwimmen, zurück geht es mit dem Flugzeug. Über den Wolken muss die Freiheit wohl grenzenlos sein. Wir wünschen einen guten Flug! Wer hat gewonnen?

## 14. Eine klare Grenze zwischen Gut und Böse

### 14.1. Vorbemerkung

Im Heimatroman braucht es eine klare Grenze zwischen Gut und Böse. Eine Grenze aus Stacheldraht. Oder eine Mauer. Suchen Sie sich Ihre persönliche Lieblingsgrenze aus. Bisher haben wir nur die Guten kennengelernt. Sie mögen einwenden, dass auch Toni ein unfolgsames Kind ist, das sich bei Tisch nicht zu benehmen weiß. Toni ist jedoch ein Guter, weil er erstens der Held der Geschichte ist, sich zweitens bessern will und auch schon erste Fortschritte macht (ein Romanheld muss eine Entwicklung durchmachen, das geht nicht von Seite 1 auf Seite 2), und drittens als heimatverbundener und stolzer Schöngrabener von Natur aus DAS HERZ

AM RECHTEN FLECK trägt. Häufig ist eine Zuordnung von Gut und Böse nicht einfach, das geben wir ehrlich zu. Es gibt zum Beispiel sowohl gute als auch böse Dichter. Die bösen Dichter machen sich mit unseren Steuergeldern ein gutes Leben, was es zu verhindern gilt. Wir haben bereits einen dementsprechenden Gesetzesentwurf (keine Förderung von Texten ohne glückliches Ende) bei der Gerichtsstelle für gefällige Heimatliteratur eingebracht. Die guten Dichter hingegen schreiben über die schöne Heimat und können gut reimen. Die schönsten Gedichte druckt unser Bürgermeister auf Plakate:

~~#z#a#u#n#g#ä#s#t#e#~~
~~# nackt seid ihr # schutzlos # sind wir # ohne zaun # stacheldraht bohrt sich in eure haut # schlitzt rücken auf # sticht augen aus # aus den augen aus dem # wir # vergessen rasch # wir # haben nichts getan # wir # sind nicht schuld # schuld seid ihr # woran eigentlich # egal # wir # müssen uns schützen # schützen # schießen auf schutzbefohlene # in not # sind wir # wir rufen notstand # und wenn sie nicht ertrunken, erfroren usw. # dann sterben sie noch heute # wie gestern # wir # stehen auf der richtigen seite # des zauns # noch # wir schauen weg # schauen über die toten hinweg # auf das blaulichtermeer im land # wir sind nackt #~~[18]

---

18 Liebe Petra, der Text ist grenzwertig. Ich frage mich, wie er es durch die gefällige Heimatliteraturkontrolle geschafft hat. Bitte schreib ein neues Grenzschutzgedicht und zwar eines, das sich reimt und das sich der Bürgermeister auch tatsächlich auf ein Wahlplakat drucken würde (Stichwort: Plausibilität). LG Tanja

Wir brauchen keine Fremden hier,
macht die Grenzen dicht.
Uns'ren Frauen besorgen's wir,
ob sie's wollen oder nicht.

## 14.2. Die Guten und die Bösen

### 14.2.1. Die Guten

Die Schöngrabener sind gut. Die Heimattreuen sind gut. Die Heimatromanschreiber sind gut. Die Plakatdichter sind gut. Die Heimatmusikanten sind gut. Die Zaunaufsteller sind gut. Die Maibaumkraxler sind gut. Die Sporthelden sind gut. Die Schihasen sind gut. Die feschen Madeln sind gut. Die Mütter sind gut. Die Männer sind gut. Die Kriegshelden sind gut. Die Kirchgänger sind gut. Gott ist gut (unser Gott). Die Zeitung ist gut (unsere Zeitung). Die Fahne ist gut (unsere Fahne). Das Schnitzel ist gut. Der Schnaps ist gut. Die Stimmung ist gut. Usw.

### 14.2.2. Die Bösen

Die Fremden sind böse. Die Heimatverräter sind böse. Die Vereinsaustreter sind böse. Die Städter sind böse. Die Studierten sind böse. Die Staatsdichter sind böse. Die Idyllenzerstörer sind böse. Die Aktionskünstler sind böse. Die Chemtrailsprüher sind böse. Die Schweinsbratenverweigerer sind böse. Die Auenschützer sind böse. Die Menschenretter sind böse. Die Karrierefrauen sind böse. Die Bundeshymnentöchter sind böse. Die Gottesdienstschwänzer sind böse. Die Götter sind böse (die fremden Götter). Die Zeitungen sind böse (die anderen Zeitungen). Die Fahnen sind böse (die anderen Fahnen). Usw.

## 14.3. Zwischenbemerkung

Dass wir Schöngrabener auf der Seite der Guten stehen, ist eine Selbstverständlichkeit. Aber auf welcher Seite stehen Sie? Ja, Sie! Sind Sie einer von uns? Oder sind Sie keiner von uns? Entscheiden Sie sich! Wenn Sie nicht AUS VOLLEM HERZEN einer von uns sind, sind Sie in Schöngraben nicht mehr willkommen. Wir fordern Sie auf, das Buch an dieser Stelle zuzuklappen und nicht mehr weiterzulesen. GRÜSS GOTT UND AUF WIEDERSEHEN. Wenn Sie aber – wovon wir ausgehen – einer von den Guten sind, dann erheben Sie sich feierlich!

## 14.4. Ernennung zum Ehrenbürger von Schöngraben an der Rauscher

Es freut uns außerordentlich, dass Sie noch hier sind. Damit beweisen Sie: Sie sind halt doch einer von uns. Sie da, glauben Sie, wir sehen Sie nicht! Nur weil Sie die Kamera im Buch nicht sehen, heißt das nicht, dass wir keine installiert haben. Entscheiden Sie sich, auf welcher Seite Sie stehen wollen. Und zwar jetzt. Erheben Sie sich! Gerade stehen! BRUST RAUS,

BAUCH REIN! So ist es richtig. Hiermit ernennen wir Sie, kraft unseres Amtes, zum Ehrenbürger von Schöngraben an der Rauscher. Ihr ganz persönliches Abzeichen finden Sie im Anhang. Bitte schneiden Sie es jetzt aus und heften Sie es an Ihr Dirndlkleid oder Ihren Lodenjanker. Gratulation!

# 15. Ein Bösewicht

## 15.1. Vorbemerkung

Jeder Heimatroman braucht einen Störenfried. Beispiele sind: ein brutaler Wilderer, der am Schluss erschossen wird. Eine Frau von außerhalb, die mit ihren weiblichen Reizen den Dorfhelden bezirzt und die geplante Hochzeit mit der Dorfschönen in Gefahr bringt, am Ende aber vom Dorfhelden durchschaut und verjagt wird. Usw.

## 15.2. Der Bösewicht in unserem Heimatroman

Der Bösewicht in unserem Heimatroman ist Tonis Großcousine. Haben Sie es gewusst? Wenn ja, schenken Sie sich einen Bergkräuterschnaps ein.[19] Auch wenn die Großcousine ab Kapitel 28 einen schönen

19 Liebe Tanja, reicht ein Bergkräuterschnaps als Rechtfertigung für die Bergkulisse? Ich könnte auch irgendwo ein Echo einbauen: Schööööngraaaaabeeeeennnnn. LG Petra
Liebe Petra, nein, das reicht nicht. LG Tanja

Heimatroman schreiben will (und wer weiß, ob sie wirklich einen schönen Heimatroman schreiben will, manche Figuren – der Bürgermeister, der Dorfpfarrer, der Tankstellen-Karli, die Toni-Mutter und sogar der Toni selbst – munkeln jetzt schon, dass sie in Wahrheit etwas anderes im Schilde führt) ist sie unser Bösewicht. Weil:

1. Sie ist in die Stadt gegangen und somit für das Aussterben der Dörfer mitverantwortlich.
2. Sie wehrt sich gegen das beglückende Wunder der Mutterschaft und somit gegen ihre Natur.
3. Sie denkt nicht in häuslichen Kategorien.
4. Sie kocht fleischlos, was die Zubereitung einer hausgemachten Blutwurst ausschließt.
5. Sie reitet auf der Sprache herum wie sonst nur eine gute Ehefrau auf ihrem Ehemann.
6. Sie fordert Gleichberechtigung, sogar in der Arbeit und das, wo sie nicht einmal einer ordentlichen Arbeit nachgeht.
7. Anstelle von inländischen Kniebeugen betreibt sie ausländisches Yoga, das den Bestand unserer Kultur gefährdet.
8. Anstelle der rot-weiß-roten Flagge trägt sie das beliebte Wort „Menschenrechte" wie ein religiöses Bekenntnis vor sich her.
9. Sie ist am Tag ihrer Volljährigkeit aus der Kirche ausgetreten und hat behauptet, der Pfarrer hätte das trotz Schweigepflicht im Dorf herumerzählt, dabei weiß jedes Kind, dass DER LIEBE GOTT ALLES SIEHT.
10. Sie übt einen schlechten Einfluss auf Moni aus (siehe Kapitel 16.6 und folgende Kapitel).

## 15.3. Zwischenbemerkung

Jetzt lacht sie, die Großcousine. Hören Sie das? Ihr wird das Lachen schon noch vergehen. SO WAHR UNS GOTT HELFE. Wo ist sie überhaupt? Im Schreibzimmer der Petra Piuk. Haben die etwa eine Besprechung ohne mich? Sie rauchen und lästern über die Dorfbewohner. Wieso nicht eine kurze Rauchpause machen? Die Dorfbewohner sind drüben im Gasthaus. Sie hängen über ihren Bierflaschen am Stammtisch und kriegen die Augen nicht auf. Die bekommen das nicht mit, wenn ich mich kurz zu den beiden geselle. Sehr verehrte Leser, ich bin gleich wieder da, warten Sie bitte kurz, ehe Sie bei Kapitel 16 weiterlesen.

## 15.4. Im Schreibzimmer der Petra Piuk (Minidrama)

Ein kleines Zimmer. Bücherregale. Auf der Wand kleben Karteikarten, Fotos, ein großer Bogen vollgeschriebenes Backpapier, eine To-do-Liste. In der Mitte ein Schreibtisch aus dunklem Holz. Auf dem Schreibtisch: ein Computer, Notizhefte, Wörterbücher, Bücherstapel, Stifte, ein leeres Weinglas, ein voller Aschenbecher, ein schwarzer Kater, der ausgestreckt auf den ersten ausgedruckten Manuskriptseiten liegt.

Petra Piuk (PP) sitzt auf dem Schreibtischstuhl. Die Großcousine (GC) lehnt am Bücherregal. Sie rauchen. Die Frau Schriftstellerin (FS) betritt den Raum.

FS: Kann mir jemand eine Zigarette schnorren?

GC hält FS eine geöffnete Zigarettenpackung hin.

PP: Du weißt schon, dass du unser Meeting störst?

FS (zündet sich eine Zigarette an): Ich bleib nur kurz.

PP: Von mir aus. Kennt ihr zwei euch schon?

FS: Nicht persönlich, nur aus dem Roman. Ich habe aber schon viel über dich geschrieben.

GC (lacht): Ich hoffe, nur Gutes. Und wegen des Romans, muss ich da wirklich noch einmal aufkreuzen?

FS und PP gleichzeitig: Und ob du da aufkreuzen musst.

PP und FS sehen sich an.

GC: Aber ich habe mir nach Tonis Taufe geschworen, nie wieder in dieses Kaff zu fahren. Außerdem hab ich nichts zum Anziehen. Dieses Kind hat mir mein Kleid ruiniert, als sie mich gezwungen haben, es in den Arm zu nehmen.

PP: Nein, hat es nicht. Die Szene, in der Toni das Kleid vollgespien hat, habe ich nicht geschrieben.

GC: Trotzdem. Ich habe keine Lust.

FS: Du musst nach Schöngraben, in deiner Rollenbeschreibung steht, dass du Unruhe im Dorf stiftest, wie willst du Unruhe im Dorf stiften, wenn du nicht im Dorf bist. Ich frage mich, warum sie (deutet mit dem Kinn auf PP) dich überhaupt für die Rolle besetzt hat.

PP (sichtlich genervt): Kannst du bitte aufhören, dich in meine Angelegenheiten einzumischen?

FS: Ich bin die Erzählerin, ich habe auch was mitzureden.

PP: Nein, hast du nicht. Du erzählst, was ich dir diktiere. Du bist nur irgendeine Romanfigur, die ich jederzeit aus dem Roman nehmen kann.

FS: Das möchte ich sehen!

Petra Piuk zieht an der Zigarette. Sie bläst Rauchringe aus, schubst den Kater vom Tisch hinunter, blättert durch das Manuskript und nimmt eine Seite heraus, auf der die Frau Schriftstellerin einen Monolog hält. Sie dämpft ihre Zigarette aus, lächelt und zerknüllt die Seite. Die Frau Schriftstellerin legt ihre Zigarette im Aschenbecher ab und greift sich an den Hals. Sie droht zu ersticken.[20] Petra Piuk wirft das zusammengeknüllte Papier auf den Boden. Die Frau Schriftstel-

---

20 Liebe Petra, was soll das? DU solltest im Roman überhaupt nicht vorkommen. Dein Name steht auf dem Cover und sonst nirgends. Sogar ins Personenregister hast du dich eingetragen. Wie oft soll ich es dir noch sagen: Halte dich aus dem Text raus. LG Tanja

lerin sackt zusammen. Der Kater spielt vergnügt mit dem Papierkügelchen.[21]

Vorhang.

**Lieber Toni!**
**(Neujahrsbaby von Schöngraben an der Rauscher)**

*Die Zeitung liest du jeden Tag,*
*überlegst, was wohl drinnen stehen mag.*
*Heute macht das Blättern Sinn,*
*denn zum Geburtstag stehst du selber drin.*

*Alles Gute zum 10. Geburtstag!*
*Papa, Mama, Opa, Oma*

---

21 Liebe Petra, streich SOFORT die Manuskriptseite glatt. LG Tanja
Liebe Tanja, aber der Kater spielt gerade so schön. LG Petra
Liebe Petra, willst du jetzt mit mir diskutieren? Schau, dass die Frau Schriftstellerin wieder Luft bekommt und schick sie sofort in die nächste Vorbemerkung, bevor die LeserInnen zu einem spannenderen Buch greifen. Apropos Spannung: Es wird höchste Zeit, dass deine Antagonistin ihren Auftritt hat, wir sind auf Seite 78 und sie hat sich seit Seite 16 nicht mehr blicken lassen. Als Absolventin der Literaturakademie solltest du die dramaturgischen Regeln besser beherrschen (Stichwort: Foreshadowing and Pay Off). LG Tanja
Liebe Tanja, ist ja schon gut. Die Frau Schriftstellerin ist unterwegs, und die Großcousine ist bereit, nach Schöngraben zu fahren, unter folgender Bedingung: Sie fordert ein neues Kleid, neue High Heels und einen neuen Mantel für den Auftritt. Übernimmt die Kosten der Verlag? LG Petra
Liebe Petra, einen Mantel braucht sie nicht, in Schöngraben scheint immer die Sonne. Kleid und High Heels soll sie sich kaufen. Belege bitte aufheben. Danach soll sie schleunigst in den Bus nach Schöngraben steigen. Wenn sie im nächsten Kapitel nicht auf der Familienfeier auftaucht, kannst du dir eine neue Widersacherin suchen. LG Tanja

# 16. Eine schöne Tradition (Teil 2)

## 16.1. Vorbemerkung

Liebe Leser, die Rauchpause ist vorbei. Es kann weitergehen. Eine Ratefrage zum Wiedereinstieg: Welcher Tag ist der schönste Tag im Leben einer Frau? Richtig, der Tag, an dem sie der Mann nicht nur von hinten, sondern zur Frau nimmt. Der Tag, an dem sie UNTER DIE HAUBE kommt oder im Falle einer Trachtenhochzeit unter den Tiroler- oder den Steirerhut.

## 16.2. Wie ich zum zweiten Mal der Großcousine begegne

Heute wird Hochzeit gefeiert. Die Yvonne ist die Braut und sie heiratet den Gerhard von der Blasmusikkapelle. Wir stehen im Brautmuttergarten und warten auf das Brautpaar. Die Männer tragen Lederhosen und die Frauen Dirndlkleider.

## 16.3. Zwischenbemerkung

Eine Tracht gibt es nicht nur in Form von Prügel, sondern auch in Form von Kleidung. Und die Kleidertracht ist schön im Gegensatz zur Tracht Prügel, die aber manchmal sein muss, weil WAS SEIN MUSS, MUSS SEIN. Darüber herrscht im Dorf Eintracht. Nur die Großcousine stiftet mit ihrer Tracht Zwietracht.

Hätten ihr die Eltern doch öfter eine ordentliche Prügeltracht verpasst, dann wäre sie jetzt eine von den Guten, vielleicht sogar die glückliche Braut.

## 16.4. Wie ich zum zweiten Mal der Großcousine begegne (Fortsetzung)

Die Großcousine hat ein schwarzes Dirndlkleid an. Auf einer Hochzeit trägt man kein Schwarz, das weiß sogar ich. Die Mama flüstert dem Papa ins Ohr: Die Städter glauben halt, sie können sich alles erlauben. Die Großcousine kommt auf uns zu. Toni, das gibt's ja nicht, so groß bist du schon und fesch ist er geworden, DER WIRD DEN MÄDELS EINMAL DEN KOPF VERDREHEN und DIE HERZEN BRECHEN. Ich schaue die Mama mit großen Augen an. Ich will der Moni weder den Kopf verdrehen noch ihr Herz brechen. Die Mama ist deswegen nicht beunruhigt. Dafür beunruhigt sie etwas anderes. Sie schaut auf die Hände der Großcousine.

Ich sehe keinen Verlobungsring.
Weil ich nicht verlobt bin.
Schau, dass du einen abkriegst, sonst will dich bald keiner mehr.
Also erstens –

Wir hören der Großcousine nicht zu, weil die Blasmusikkappelle die Schotterstraße entlangkommt. Wir klatschen im Takt der Musik. Ganz vorne geht der Bräutigam. Die Musikanten bleiben vor dem Gartenzaun stehen. Der Bräutigam schwitzt und hält sich an der Gartentür fest, weil er vom Polterabend noch besoffen ist als wie, sagen die Leute. Der Bräutigam ruft dem Brautvater zu: Ich habe gehört, hier gibt es ein fesches Dirndl zu holen. Der Brautvater geht ins Haus und kommt mit der Moni zurück. Die Moni hat ein rosarotes Dirndlkleid an und Blumen im Haar.

Hier ist ein fesches Dirndl.
Nein, das ist mir zu jung, hast kein anderes.

Der Brautvater geht mit der Moni zurück, die Moni kichert. Ich stelle mir vor, wie ich einmal am Gartenzaun auf meine Moni-Braut warten werde. Und wie mir der Papa zuerst ein Kind bringt, vielleicht schon das, das ich der Moni gemacht haben werde. Wobei, das geht nicht, weil auch wenn ein uneheliches Kind heutzutage keine Schande mehr ist, reden tun die Leute trotzdem. Der Brautvater kommt mit einer Frau heraus, die ein Kopftuch trägt und einen Buckel macht. Wir lachen. Die Großcousine lacht nicht, weil die Städter verstehen keinen Spaß, sagt die Mama immer.

Hier ist ein fesches Dirndl.
Nein, das ist mir zu alt, hast kein anderes.

Der Brautvater kommt mit der Braut im Brautdirndlkleid aus dem Haus. Die Braut lächelt.

Hier ist ein fesches Dirndl.
Ja, das ist ein fesches Dirndl, das nehme ich mir.

Die Musikanten blasen in die Trompeten. Der Brautvater öffnet dem Bräutigam die Gartentür. Der wackelt herein und schnappt sich die Braut. Die Gäste klatschen. Das Brautpaar küsst sich. Die Mama wischt sich die Tränen aus den Augen. Ich frage mich, wieso sie weint, sie hat ja schon einen Mann abgekriegt und muss nicht traurig sein. Die Großcousine weint nicht, dabei hätte sie allen Grund dazu.

## 16.5. Wie die Moni den Brautstrauß fängt

Die Braut steht mit dem Rücken zu den ledigen Mädchen und Frauen auf der Kirchentreppe. Die Mädchen und Frauen strecken die Hände in die Höhe. Die Großcousine streckt die Hände nicht in die Höhe. Sie steht mit verschränkten Armen da. Die Braut wirft den Brautstrauß über ihren Kopf und trifft die Schulter der Großcousine. Der Brautstrauß prallt an ihr ab und fällt auf den Boden. Die Gäste schütteln die Köpfe. Das darf ja nicht wahr sein! Die Großcousine macht einen Schritt nach hinten. Die Mädchen und Frauen stürzen sich auf den Strauß. Die Moni hält den Strauß in die Höhe. Ich kann nicht mehr aufhören zu grinsen.

## 16.6. Wie die Großcousine die Moni auf dumme Ideen bringt

Die Tische beim Kirchenwirt sind u-förmig angeordnet. Auf den Tischen sind Weingläser, Stoffservietten, Menükarten und Blumensträuße in Vasen. Unsere Namen stehen auf Lebkuchenherzchen, die man zur Erinnerung mit nach Hause nehmen darf. In der Mitte des Saals sitzen der Bräutigam und die Braut. Ich sitze neben der Moni. Links von mir sitzen der Papa und die Mama. Neben der Moni sitzen die Moni-Eltern. Gegenüber von mir sitzen die Großcousine und die Großcousinen-Eltern. Die Kinder laufen im Saal umher und machen einen Wirbel als wie. Der Harry schenkt die Getränke ein und die Silvia bringt die Suppe. Nach der Backerbsensuppe gibt es ein Hühnerfilet mit Reis, einen Schweinslungenbraten mit Braterdäpfel oder ein Kalbsschnitzel mit Pommes. Seit ich beim Huber-Bauern im Stall war, schmeckt mir kein Kalbsschnitzel mehr. Ich bestelle ein Hühnerfilet. Die Großcousine isst einen Salat und nippt am Leitungswasser. Bei der braucht man sich über gar nichts mehr wundern, sagt die Mama immer. Die Moni beobachtet die Großcousine.

Darf ich dich was fragen?
Ja klar.
Warum hast du den Brautstrauß nicht gefangen?

Die Tante Waltraud schaut die Großcousine mit zusammengekniffenen Augen an.

Weil ich nicht heiraten will, Moni.
Wieso nicht?
Weil es im Leben noch andere Dinge –
Ich muss sagen, die Küche ist wie immer hervorragend.

Der Onkel Ernst tupft sich mit der Serviette hektisch den Fleischsaft vom Kinn.

Magst nicht ein Stück Lungenbraten kosten, der ist aus unserem Geschäft.
Papa, bitte.
Du weißt gar nicht, was du versäumst, Tochter.

Der Onkel Ernst hält der Großcousine die Gabel mit einem aufgespießten Fleischstück vor die Nase.

Riech wenigstens daran, mir zuliebe.
Na super, jetzt tropft der Leichensaft auf meinen Salat.

Die Moni schiebt ihren Fleischteller weg. Mama, ich mag das nicht mehr essen.

Die Tante Waltraud keift die Großcousine an. War das wieder notwendig! Wann geht dein Bus?

## 16.7. Schlussbemerkung

Störenfriede mögen wir nicht. Leider kommt auch der schönste Heimatroman nicht ohne sie aus. Daher taucht die Großcousine – sehr zum Ärgernis der Dorfbewohner – in Kapitel 28 zum dritten Mal in Schöngraben auf. Und zwar nicht wie üblich mit einem kleinen Handtäschchen, sondern mit einem großen Koffer. Nicht, dass wir nicht gastfreundlich wären, Gastfreundschaft hat sowohl im Heimatroman als auch in Schöngraben einen hohen Stellenwert. Ein Gast sollte sich aber dennoch an unsere Gepflogenheiten anpassen und das weigert sich die Großcousine zu tun. Nicht einmal ordentlich angestoßen hat sie mit uns auf das Brautpaar.

# 17. Eine ehrliche Gastfreundschaft

## 17.1. Vorbemerkung

Der Gast ist bei uns König. Nicht nur am Königsee. Auch in Schöngraben an der Rauscher. Den Fremdenverkehr schätzen wir im Gegensatz zu den Fremden nämlich sehr (siehe Kapitel 17.5 *Eine Werbeeinschaltung, um den Fremdenverkehr zu beleben*).

## 17.2. Eine kurze Gasthausgeschichte

Der Moni-Vater geht zum Dorfwirt. Ruft ein Grüß Gott in die Runde. Lehnt sich an die Schank, zündet sich eine Zigarette an und bestellt einen Schnaps. Im Radio singt der Gabalier: Brettljausn, Bauernbrot und Semmlkren, und ein Fassl Most macht schön, des is dahoam, des is dahoam. Der Moni-Vater schlägt die Zeitung auf. Erneut Boot mit 200 Flüchtlingen gekentert. Er blättert um. Das Mädchen auf Seite neun heißt Tiffany und trägt auch im Sommer am liebsten Stiefel. Der Moni-Vater bekommt einen Halbsteifen in der Hose. Der Schneckerlwirt schenkt ihm einen Schnaps ein. Der Moni-Vater hebt sein Stamperl und prostet den anderen zu. Er kippt den Schnaps hinunter und singt mit dem Gabalier im Duett: Mit einem Madl an der Hand, gehen wir durch unser Land, auf den Kirchtag gehen wir nur im schönsten Trachtengewand. Die Gisela und die Gabi schunkeln mit. Feste muss man feiern, ja das fällt uns nicht schwer. Und Gatschhupfen gehen beim Bundesheer. Am Stammtisch sitzen die Alten vor ihren Achtelgläsern. Der Franz mischt die Schnapskarten, will den Helmut abheben lassen, der haut aber drauf. Der Franz teilt aus. Kreuz ist Trumpf. Die Fani-Tant und die Fini-Tant haben ihr Sonntagsgewand an. Sie trinken weiße Gespritzte und singen. Es wird ein Wein sein und wir werden nimmer sein. Die Kinder laufen zwischen den Tischen umher. Die Julia plärrt im Kinderwagen. Im Fernseher läuft ein Ländermatch. Es fällt ein Tor. Die Männer greifen sich mit beiden Händen auf den Kopf. Auweh, auweh! Der Stefan nimmt einen Schluck Bier. Er wischt sich den Bierschaum vom Bart weg. Der Dorfpfarrer isst Würstel mit Saft. Die Fans im Fernseher grölen: Immer wieder, immer wieder, immer wieder Österreich. Die Klotür geht auf, ein Gestank kommt heraus. Die Gisela und die Gabi halten sich die Nase zu. Der Bürgermeister steckt sein Hemd in die Hose und sagt: Das waren die Grammelknödel von der Renate, gut waren sie. Ein Fremder kommt herein. Es ist plötzlich still im Raum. Man hört nur noch die Fans im Fernseher und die Edlseer im Radio. In Austria no Känguru, bei uns gibt's die Kuhli-Muh. Der Fremde bestellt ein Bier. Ist aus, sagt der Schneckerlwirt. Der Fremde schaut in die Runde. Alle starren ihn an. Der Moni-Vater starrt ihn nicht an, er schaut weg. Der Fremde geht wieder. Der Stefan trinkt sein Krügerl in einem Zug leer und geht dem Fremden nach. Von draußen hört man einen Lärm. Der Schneckerlwirt dreht die Musik lauter. Mozart, Walzer und vü anderes a, alles is made in Austria. Der Stefan kommt wieder herein. Wischt sich die Hände an der Hose ab. Ihr könnt nach Hause gehen, ihr könnt nach Hause gehen, ihr könnt nach Hause gehen! Ein Tor von den Unsrigen. Super, Arnautović! Die Gisela hört auf mit der Gabi zu tratschen und sagt: Das ist aber kein österreichischer Name! Was ein österreichischer Name ist und was nicht, bestimmen wir. Solange er für uns die Tore schießt, ist es ein österreichischer Name. Weiber. Die Gisela zuckt mit den Achseln. Der Rambo bellt. Der Schneckerlwirt tritt ihm in den Arsch. Der Rambo rennt winselnd in den Hinterhof hinaus. Die Fani-Tant und die Fini-Tant reden über den Uhudler-Fritz. Hast gehört, den Uhudler-Fritz haben sie eingegraben. Mit nicht einmal siebzig. Bier her, Bier her, oder ich fall um! Der kleine Max bringt dem Jäger-Sepp ein Bier. Er trägt es mit beiden Händen und verschüttet die Hälfte beim Gehen. Dafür kassiert er eine gesunde Watschen. Der Max plärrt und schreit: Mama. Still jetzt, sonst sperr ich dich in den Keller. Prost! Dass die Gurgel nicht verrost'. Und für die Waltraud ein Speckbrot, die schaut eh so schlecht aus. Kinder, wollt ihr ein Eis? Jaaaaaa! Aber nur, wenn ihr brav seid! Der Franz dreht zu. Stichzwang. Der Helmut schmeißt ihm eine Karte nach der anderen hin und kriegt schon wieder ein Bummerl. Wer gibt? Beim Flipper gibt der Toni der Moni einen Schmatz auf die Wange. Sie wird rot und kichert. Der Tankstellen-Karli ruft: Rot ist die Liebe, schwarz ist das Loch, auch wenn du dich weigerst, rein muss er doch. Der Moni-Vater lacht. Der Dorfpfarrer schlägt ein Kreuz, nachdem er das Würstel aufgegessen hat. Die Moni nimmt den Toni an der Hand und zieht ihn nach draußen. Jung müsste man halt wieder sein, was Fani-Tant? Ja, Fini-Tant, jung müsste man sein, jung. Trinken wir noch einen Gespritzten, weil so jung kommen wir nimmer zam. Zam, zam, zam, zam, zam, Proooost. König und Dame, zwanzig. Der Franz sticht und sagt: Vierzig und genug. Das wird ein Schneider, wennst nicht aufpasst, Helmut. Im Fernseher pfeift der Schiri den Schlusspfiff. Schon wieder nix. Die Männer schütteln die Köpfe. Was soll's. Das ganze Wirtshaus singt. Einer hat immer das Bummerl, einer muss immer verlieren. Ein Lachen und ein Schunkeln. Alles ist in bester Ordnung. Der Moni-Vater trinkt noch einen Schnaps. Ruft ein Wiederschauen in die Runde und geht hinaus. Er steigt ins Auto, macht das Blaulicht an und fährt zum Kirchenwirt, um auch dort NACH DEM RECHTEN ZU SCHAUEN.[22]

22 Liebe Petra, eine schöne Montage. Jedoch unrealistisch, wie ich finde. Rosalinde F. findet das auch. Ich leite dir ihren Leserbrief weiter. LG Tanja

## 17.3. Ein empörter Leserbrief

Sehr geehrte Frau Piuk,
wann waren Sie das letzte Mal in einem Dorfwirtshaus? So viel wie in Ihrer Beschreibung war in einem Wirtshaus schon lange nicht mehr los. Fahren Sie einmal durch eine Ortschaft durch. Dann werden Sie wissen, was ich meine. Die Fenster sind mit Brettern zugenagelt. Auf den Schildern davor steht ZU VERKAUFEN. Und die Wirtshäuser, die noch offen haben, sind leer. So schaut es aus. Bleiben Sie bitte bei der Wahrheit.
Mit freundlichen Grüßen,
Rosalinde F.[23]

## 17.4. Die Dorfbewohner über das Gasthaussterben

Dorfbewohnerin, 63: Ein Kaffee kostet umgerechnet 43 Schilling, das kann sich keiner mehr leisten.

Dorfbewohner, 58: Dazu kommt, dass die Polizei strenger geworden ist. Da bist deinen Führerschein gleich los. Früher haben die Gendarmen noch mitgesoffen, da war das kein Problem.

---

23 Liebe Tanja, ich habe das Gasthaus zugesperrt. Dass sich der Schneckerlwirt nach dem Konkurs hinter der Schank erschossen hat, habt ihr zu verantworten. LG Petra
Liebe Petra, es gibt ja noch den Kirchenwirt. Sollen sich die DorfbewohnerInnen zum Kartenspielen zukünftig dort treffen. LG Tanja

Dorfbewohner, 46: Da hat es einen gegeben, der ist mit seinem Polizeiwagen ständig in den Graben gefahren. Was? Wieso hätten sie ihn freistellen sollen, die haben ja gewusst, dass er gerne trinkt.

Dorfbewohner, 52: Außerdem, wer soll ins Gasthaus gehen? Gehen ja alle weg von da, vor allem die Frauen. Was willst machen. Anbinden wie die Kühe kannst sie ja nicht. Leider.

## 17.5. Eine Werbeeinschaltung, um den Fremdenverkehr zu beleben

Willkommen und Grüß Gott. Österreicher sind nicht nur Gastgeber aus Tradition, sondern auch aus Leidenschaft. Gastfreundschaft steht bei uns an erster Stelle.

Anreise:
Dank eines gut ausgebauten Straßennetzes und malerischer Landschaft, ist Österreich ein ideales Land, um per Auto erkundet zu werden. Flüchtlinge in Kleinbus hineingestopft. 71 tote Flüchtlinge auf der A4. Schneller geht es mit dem Flugzeug. Da können Sie schreien und sich anurinieren, so viel Sie wollen.

Unterkunft:
Unsere Gäste sollen sich wohlfühlen und das Wohlbefinden fängt bei der richtigen Unterkunft an. 900 Flüchtlinge müssen im Freien schlafen. Mehr als 1000 Flüchtlinge bei brütender Hitze in Zelten. Müt-

ter nach Entbindung ohne Unterkunft. 700 Asylwerber im Schlamm. Ob Privatpension oder Luxushotel, wir haben das ideale Quartier für Sie. Sanitäranlagen völlig verdreckt. Kein Klopapier. Keine Duschvorhänge. Frauen müssen sich vor Männern nackt ausziehen. 2000 Flüchtlinge haben kein Bett. Genießen Sie einen Hauch von Luxus. Flüchtlinge in Bussen festgehalten. Hunderte unbegleitete Kinder und Jugendliche obdachlos. Babys schlafen auf dem Boden.

Verpflegung:
Gerne verwöhnen wir Sie kulinarisch. Stundenlanges Anstellen für eine Mahlzeit. Lassen Sie sich beispielsweise ein hauchzartes Wiener Schnitzel mit Erdäpfelsalat schmecken. Eine Frau berichtet: Jeden Tag Brot, Sardinen und ein bisschen Milch. Für die Süßen unter Ihnen warten ein Kaiserschmarrn, flaumige Salzburger Nockerln und Palatschinken mit Marillenmarmelade. Ein kaltes Lunchpaket pro Tag. Freiwillige bringen Babynahrung. Einmal Speckreis bitte. Gaumenfreuden gibt es in Österreich in Hülle und Fülle.

Buchen Sie jetzt! Österreichs Gastgeber warten darauf, Ihnen eine unvergessliche Zeit zu bereiten. Flüchtlingskinder unauffindbar. Kranke bleiben unversorgt. Österreich verletzt fast alle Menschenrechtskonventionen. Wir freuen uns auf Sie!

**Lieber Toni!**
**(Neujahrsbaby von Schöngraben**
**an der Rauscher)**

*Du bist bald ein echter Mann,*
*darauf stoßen wir mit dir an.*
*Mit Bier, Wein und Most.*
*Prost!*

*Alles Gute zum 12. Geburtstag!*
*Papa, Mama, Opa, Oma*

# 18. Eine Liebe (Teil 2)

## 18.1. Wie ich zum ersten Mal eine Frau beglücke

Ich sperre mich auf dem Klo ein. Auf dem Fensterbrett stehen drei Klopapierrollen, über die gehäkelte Klopapierhüte gestülpt sind. Das ist ein Hobby von der Mama: bunte Klopapierhüte häkeln. Die Zeitung von heute liegt auf dem Zeitungsstapel in der Kiste unter dem Waschbecken. Ich nehme die Zeitung und blättere zur Nackten auf Seite 7. Auf der Nackten ist ein nasser Fleck. Vor mir war der Papa hier. Die Nackte heißt Holly. Sie schleckt gerne Eis und hat große Brüste. Die Mama hat auch große Brüste. Die Brüste von der Mama hängen, weil ich schon als Baby ein Gierhammel war als wie und ihre Brüste leergesaugt habe. Die Brüste von der Holly hängen nicht. Wenn die Brüste von der Moni später einmal hängen werden, muss ich mir DEN APPETIT WOANDERS HOLEN. GEGESSEN WIRD ABER DAHEIM, sagt der Papa immer. Der Moni-Vater sagt, ab und zu darf man auch auswärts essen, weil immer nur ein Reisfleisch ist auch nicht das Wahre. Ab und zu verlangt der Männerkörper nach einem Steak, möglichst blutig. Ich lege die aufgeschlagene Zeitung auf den Klodeckel und mache den Reißverschluss auf. Ich hole meinen Spatz heraus und reibe daran. Die Mama klopft an der Tür. Wie lange brauchst denn noch! Ich spritze meinen Samen auf die Brüste von der Holly. Sie lächelt mich an.

## 18.2. Wie ich mit der Moni Vater-Mutter-Kind spielen will

Nach der Schule gehe ich zur Moni. Sie liegt auf dem Bett und lernt englische Wörter auswendig. Ihre Brüste zeichnen sich durch ihr Träger-Oberteil ab. Auf ihrem Bauch schläft eine Katze. Die Katze ist weiß und heißt Lilli. Ich will sie streicheln, aber sie springt vom Bett und läuft aus dem Zimmer.

Spielen wir Vater-Mutter-Kind?
Ich spiele schon lange nicht mehr mit Puppen.
Dann spielen wir halt Vater-Mutter-Kind-ohne-Kind.
Wir sind doch keine Kinder mehr, außerdem muss ich lernen.

Ich gehe nach Hause und spiele Vater-Mutter-Kind-ohne-Kind-und-ohne-Mutter. Ich denke dabei an die Moni-Brüste. Die Mama reißt die Tür auf. Mein Samen schießt aus mir heraus. Die Mama macht die Tür leise zu. Wir gehen uns die nächsten Tage aus dem Weg.

### 18.3. Schlussbemerkung

Auch Moni geht Toni immer mehr aus dem Weg. Für Toni brechen harte Zeiten an. Vor allem im körperlichen Sinn. Er kann an nichts anderes mehr denken, als Moni seinen Samen zu schenken.[24]

## 19. Eine unerfüllte Liebe

### 19.1. Vorbemerkung

Wir müssen unseren Dorfhelden (kurz!) leiden lassen, so lauten die Spielregeln. Im Heimatroman müssen sich die Liebenden voneinander entfernen,

---

24 Liebe Petra, noch drei Monate bis zum Abgabetermin. Kommst du voran? LG Tanja
Liebe Tanja, ich habe alles unter Kontrolle. Nur ein paar Diskussionen mit Toni und Moni, was die Figurenkonstellation und die weitere Handlung angeht, aber nichts Tragisches. LG Petra
Liebe Petra, pass bitte auf, dass deine Figuren das machen, was du von ihnen willst und nicht umgekehrt. Dass sich die Figuren während des Schreibprozesses verselbstständigen, ist ein Mythos. LG Tanja

um sich am Ende noch näher als am Anfang zu sein. Wir brauchen eine Steigerung (Kuss), die in einem Höhepunkt (Hochzeit) endet. Deswegen haben wir zu Moni gesagt, geh noch ein wenig mehr auf Abstand, das erhöht die Spannung. Wir haben in die Regieanweisung geschrieben, dass sie sich zunächst mal auf das Lernen konzentrieren soll, auch wenn sie das Gelernte nie brauchen wird. Anstatt englische Wörter auswendig zu lernen (im Heimatroman sprechen wir deutsch), soll sie Rechnen üben, damit sie später einmal mit dem Geld, das der Toni heimbringen wird, gut wirtschaften kann. Und was macht Moni? Wollen Sie wirklich wissen, was Moni macht? Sie hält sich nicht an die Regieanweisung. Anstatt sich den Rechenaufgaben hinzugeben, gibt sie sich einem gewissen Michael (den wir nicht kennen, weil er nicht im Personenverzeichnis steht und daher nicht mögen) hin. Verliebt sich einfach in den Michael und nicht in den Toni.

## 19.2. Wie die Moni fremdgeht

Im Schulhof redet die Moni mit dem Michael. Sie lacht und fährt sich durch die Haare. Ich spüre ein komisches Gefühl im Magen. Vielleicht habe ich Hunger. Ich packe mein Wurstbrot aus. Ich mache einen Bissen vom Brot und gehe zu den beiden.

Magst abbeißen, Moni?
Geh pfui.

Die Moni dreht sich weg. Ich mache einen großen Bissen vom Wurstbrot. Die Moni und der Michael schauen mich nicht an. Ich schlinge. Ich schmatze. Ich strecke die Zunge raus, auf der Wurstbrotbrei klebt. Die Moni und der Michael schauen mich noch immer nicht an. Ich schlucke den Brei hinunter.

Ich warte nach der Schule auf dich.
Du brauchst heute nicht warten, Toni.
Ich will aber warten.
Sie hat gesagt, du brauchst heute nicht warten.

Der Michael starrt mich an. Er spielt mit mir das Spiel: Wer zuerst wegschaut, hat verloren. Ich schaue weg. Er legt den Arm um die Moni und geht mit ihr ins Schulgebäude. Die Pausenglocke läutet. Ich esse mein Wurstbrot auf. Das komische Gefühl im Magen ist noch immer da.

## 19.3. Die schönsten Schlager auf Radio Schlagerglück

Abschied ist ein bisschen wie sterben,
wenn du nicht mehr bei mir bist,
wofür habe ich gelebt.

## 19.4. Wie ich die Moni beobachte

Eine Woche lang habe ich Magenschmerzen und kann nicht zur Schule gehen. Jeden Morgen schaue ich aus dem Kinderzimmerfenster und beobachte die Moni:

Wie sie die Haustür aufmacht.
Wie sie durch die offene Haustür geht.
Wie sie sich die Schultasche über die Schulter wirft.
Wie sie sich umdreht und der Moni-Mutter winkt.
Wie sie das Gartentor aufsperrt.
Wie sie das Gartentor aufmacht.
Wie sie durch das offene Gartentor geht.
Wie sie das Gartentor zumacht.
Wie sie das Gartentor zusperrt.
Wie sie dem Michael einen Kuss gibt.
Wie sie dem Michael die Schultasche gibt.
Wie sie mit dem Michael Hand in Hand die Straße entlanggeht.

Während ich der Moni hinterherschaue, singe ich ein Lied, immer und immer wieder:

Du glaubst, dass ein anderer Mann,
was ich dir gebe, geben kann,
dass er dich so sehr liebt wie ich,
glaubst du das wirklich, frag ich dich.

## 19.5. Wie mich die Oma und der Opa trösten

Der Poldi-Opa nimmt mich in den Arm. Das wird schon wieder, sagt er, die kriegt sich schon wieder ein. Die Weiberleute spinnen halt in dem Alter. Die wissen noch nicht, was gut für sie ist. Die Mizzi-

Oma ist seiner Meinung. Sie singt: Tief in ihr drin, muss sie doch spüren, wohin sie gehört, manchmal braucht es einfach nur Zeit. Ich singe zurück: Sie ihr zu geben, bin ich aber nicht bereit! Die Mizzi-Oma schenkt mir einen Nussschnaps ein, der eine Medizin ist und mir helfen soll.

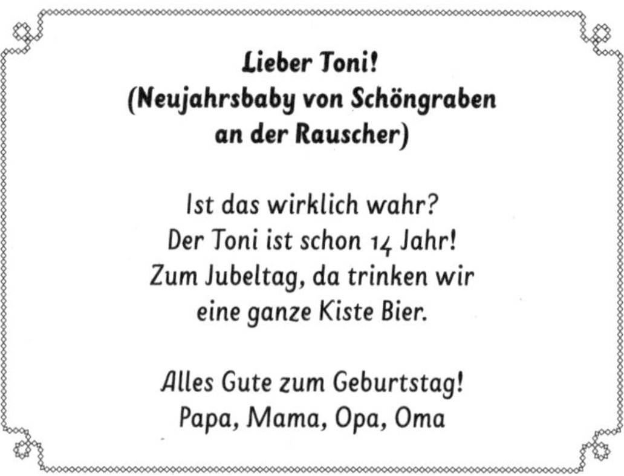
**Lieber Toni!**
**(Neujahrsbaby von Schöngraben an der Rauscher)**

*Ist das wirklich wahr?*
*Der Toni ist schon 14 Jahr!*
*Zum Jubeltag, da trinken wir*
*eine ganze Kiste Bier.*

*Alles Gute zum Geburtstag!*
Papa, Mama, Opa, Oma

# 20. Ein Alkoholgenuss

## 20.1. Vorbemerkung

Wie wäre es mit einem Ratespiel zur Auflockerung? In welcher Disziplin erreicht Österreich stets einen Stockerlplatz?

Antwort A: Fußball
Antwort B: Schifahren
Antwort C: Saufen

Selbstverständlich lautet die richtige Antwort C: Saufen. Zur Mitte, zur Titte, zum Sack, zack, zack.

## 20.2. Heute in Ihrer Zeitung

> Beim Alkoholkonsum liegt Österreich hinter Litauen an zweiter Stelle aller OECD-Staaten. Österreichs Schüler sind beim Trinken Europameister. Wir gratulieren unseren Sportlern!

## 20.3. Zwischenbemerkung

Ein Alkohol ist sowohl in Schöngraben als auch im Heimatroman nicht wegzudenken. Oder haben Sie schon einmal einen Heimatroman gelesen, in dem ZUR FEIER DES TAGES mit einem Soda Zitrone angestoßen wird? Zur Feier des Tages (und einen Tag gibt es nun einmal täglich) trinkt man Wein, Bier und Schnaps. Beachten Sie dabei folgende Regeln:

1. Ein Schnaps am Morgen vertreibt Kummer und Sorgen.
2. Wein auf Bier, das gönne dir.
3. Bier auf Wein, immer rein.
4. Schnaps auf Wein, so soll es sein.
5. Schnaps auf Bier, das rat ich dir.

Zwei Warnungen müssen wir an dieser Stelle aussprechen:

Erstens: IM WEIN LIEGT DIE WAHRHEIT. Diese Warnung sollte vor allem die Mizzi-Oma beherzigen. In letzter Zeit greift sie nur allzu gerne zur Schnapsflasche, worauf sie mit ihren Liebsten zu streiten anfängt. Nicht alle vertragen Hochprozentiges gut. Wenigstens reißt sie sich vor uns zusammen und macht der Toni-Mutter hinter verschlossenen Türen Vorwürfe. In Kapitel 25.2 *Wie die Mama und die Mizzi-Oma streiten* ist die Tür aufgrund eines Regiefehlers nur angelehnt und Toni bekommt bedauerlicherweise etwas von der Auseinandersetzung mit.

Zweitens: Unglücklicherweise ist auch die Zahl der Alkoholunfälle in Österreich gestiegen (siehe Kapitel 9.3.3 *Wie es der Onkel Wilhelm in die Zeitung geschafft hat*). Es gibt eben keine sportliche Disziplin ohne Risiken. In diesem Sinne: Prooooost! Unser letzter Wille, noch mehr Promille.

## 20.4. Die schönsten Schlager auf Radio Schlagerglück

Sieben Fässer Wein
können uns nicht gefährlich sein.
Das haut uns nicht um,
ja, das schaffen wir ganz allein.
Heut feiern wir, auch wenn es traurig ist,
dass man schon bald kein freier Mann mehr ist.

# 21. Ein Kampf um die Liebe (Teil 1)

## 21.1. Vorbemerkung

Im echten Leben kämpft man nicht um die einzig wahre Liebe. Im echten Leben gibt es ganz andere Möglichkeiten. Zum Beispiel Online-Dating-Plattformen. Aber: Wie würde das aussehen, wenn Toni nicht um die einzig wahre Liebe kämpfen, sondern sich ein Konto bei einer Online-Dating-Plattform einrichten würde? Wenn eine Verabredung mit der Hanna vom Nachbardorf den Heimatroman beenden würde? Das wollen Sie nicht wissen. Sie wollen es wissen? Was Sie alles wissen wollen! Toni, du hast doch keine Pause, die Leser hätten gerne ein alternatives Ende. Wenn ich es doch sage. Was kann ich dafür, dass sich in diesen Roman alle einmischen.

## 21.2. Alternatives Ende: Wie ich mir ein Konto bei einer Online-Dating-Plattform einrichte

Ich richte mir auf meinem Computer ein Online-Dating-Konto ein. Ich schaue mir die Fotos der Mädchen an. Wenn mir ein Foto nicht gefällt, drücke ich auf No, dann erscheint das nächste Bild. Ich sehe die Moni: Moni, 12. Sie hat kurze Haare und auf ihrem T-Shirt steht *Go Veggie*. Ich frage mich, ob sich eine vergebene Frau den Appetit auch woanders holen darf und komme von ganz allein drauf: Nein. Und die Moni schon gar nicht. Sie isst ja weder ein Reisfleisch noch ein Steak. Ich klicke auf No. Ein neues

Bild erscheint auf dem Bildschirm. Lucy, 23. Hollywoodschauspielerin. Hübsch, aber wohnt zu weit weg. Ich klicke auf No. Ich sehe ein Mädchen im Dirndlkleid und mit geflochtenen Zöpfen. Hanna, 14. Ich drücke auf Oh yes. Herzen blinken. Das bedeutet, dass die Hanna bei meinem Foto auch auf Oh yes gedrückt hat. Wir schreiben uns. Wir treffen uns. Wir lieben uns im verfallenen Haus am Ortsrand. Ich schwängere sie. Sie treibt das Kind ab. Wir trennen uns. Ich lasse mir neue Kontaktvorschläge geben.

## 21.3. Zwischenbemerkung

Wir sind uns wohl einig: So ein Ende darf nie geschrieben werden. Wir wollen weiterhin an die einzig wahre Liebe glauben. Wir wollen keine Online-Dating-Plattformen, wir wollen Wunder. Wir wollen ein Happy End für Toni und kein Happy Ending. Verzeihen Sie die fremdsprachigen Ausdrücke, die in einem deutschsprachigen Heimatroman nichts verloren haben.[25] [26] Wir wollen ein glückliches Ende

25 Liebe Petra, die Frau Schriftstellerin hat recht. Wir sollten die Anglizismen in der nächsten Auflage eliminieren. LG Tanja
Liebe Tanja, ein paar Fremdwörter (und Tippfehler) habe ich nach dem Redigieren absichtlich im Text stehen lassen. Du weißt ja, wie sehr die LeserInnen es genießen, andere auf ihre Fehler aufmerksam zu machen. Diese Schadenfreude wollte ich ihnen nicht nehmen. LG Petra
Liebe Petra, ich bin überrascht. Manchmal hast du auch gute Einfälle. Vielleicht kriegen wir einen dementsprechenden Aufruf sogar noch in dieser Auflage unter. LG Tanja

26 Anmerkung Verlag: Appell an die LeserInnen! Sollten Sie weitere Anglizismen, Gräzismen oder Latinismen entdecken, schreiben Sie uns. Betreff: Hinaus mit fremdländischen Vokabeln aus einheimischen Publikationen!

und glücklich sind wir erst, wenn Toni mit seiner einzig wahren Liebe, die Moni heißt, Hochzeit feiert.

## 21.4. Wie ich der Moni einen Liebesbrief schreibe

Die Mizzi-Oma hat mir erzählt, dass der Poldi-Opa mit einem Liebesbrief IHR HERZ IM STURM EROBERT hat. Ich erobere Monis Herz lieber bei Sonnenschein, weil bei Schönwetter trägt sie kurze Röcke. Ich schreibe der Moni also einen Liebesbrief bei Sonnenschein.

Liebe Moni,
du bist die Einzige, die ich lieb hab.
Dein Toni

Ich falte den Brief zusammen und gebe ihn in ein Kuvert. Darauf schreibe ich *Moni* und male ein Herz über das I. Ich warte am Fenster, bis die Moni das Haus verlässt, bis der Moni-Vater ins Polizeiauto steigt und die Moni-Mutter mit dem Bernhard vom SV Schöngraben im Haus verschwindet und die Rollläden schließt. Das habe ich aber nicht gesehen, sagt die Mama immer. Ich gehe zum Moni-Haus, werfe den Brief in den Briefkasten und gehe zurück in mein Zimmer. Ich warte am Fenster und denke nach. In Gedanken sehe ich, wie statt Moni der Moni-Vater den Brief findet und zerreißt und mir DIE OHREN LANGZIEHT, wo meine Ohren von Geburt an ohnehin schon lang sind. Die Mizzi-Oma sagt immer: ZUERST DENKEN, DANN HANDELN.

Ich laufe zum Moni-Haus und versuche, den Brief herauszufischen. Es gelingt mir nicht. Ich hole Zeitungspapier, zerknülle ein paar Seiten und stopfe sie in den Briefkastenschlitz. Ich werfe ein brennendes Zündholz hinein und laufe davon.

## 21.5. Wie ich das erste Mal zu einer Notlüge greife

Der Papa und ich stehen am Gartenzaun und reden mit dem Moni-Vater, der auf der anderen Seite des Zauns steht und ein rotes Gesicht hat. Er trommelt mit den Fingern auf den Schlagstock, der im Polizeigürtel steckt. Den Brandstifter werde ich kriegen, das schwöre ich euch! Auf meiner Stirn bilden sich Schweißperlen. Ich schaue auf den Boden. Der Papa bohrt seine Finger in meinen Nacken. Toni, hast du was damit zu tun? Ich sage nichts.

Antworte gefälligst, wenn ich mit dir rede!
Ich habe wen gesehen.
Wen hast du gesehen?

Der Papa fasst mich an den Schultern und schüttelt mich.

Sag schon, wen hast du gesehen?
Einen Fremden.

Der Moni-Vater zieht seinen Polizeihut ins Gesicht und steigt ins Polizeiauto. Er knallt die Tür zu, schaltet das Blaulicht ein und fährt mit quietschenden

Reifen davon. Der Papa legt seinen Arm um mich. Komm mit, mein Sohn. Wir gehen in die Werkstatt. Der Papa nimmt die Pistole aus der Lade. Er hält sie mir an die Stirn. Ich halte die Luft an. Der Papa drückt ab. Peng! Er nimmt die Pistole wieder herunter und lacht. Scheiß dich nicht an, sie ist ja nicht geladen. Der Papa lädt die Pistole. Es wird Zeit, dass du lernst, damit umzugehen. Wenn ich nicht daheim bin, bist du DER MANN IM HAUS. Aber nichts der Mama sagen. Ich grinse.

# 22. Ein Heimatschutz

## 22.1. Vorbemerkung

In Schöngraben haben wir Angst und die lassen wir uns von keinem wegnehmen. Es wäre ja noch schöner, wenn wir uns die Angst auch noch wegnehmen lassen würden. Und wenn gegen die Angst keine Schutzzäune und Notverordnungen mehr helfen, HILF DIR SELBST, DANN HILFT DIR GOTT. Die Dorfbewohner haben ihre heiligsten Güter zu verteidigen: ihre Familien, ihre Frauen und ihre Kinder, die Schönheit und Unberührtheit ihrer Landschaft und alles, was uns das Leben lebenswert macht. Drum reichen Sie sich die Hand und schwören Sie auf Ihr Land. Immer wieder Schöngraben, immer wieder Schöngraben, für immer und ewig.

## 22.2. Heute in Ihrer Zeitung

> **Österreich rüstet auf.** Fast eine Million Waffen in Österreichs Haushalten. Niederösterreicher haben die meisten Waffen daheim. Während im Burgenland fast jeder 21. Bürger eine Waffe hat, ist es in Wien nur jeder 55. Am deutlichsten ist der Anstieg in der Steiermark, Salzburg und Kärnten zu beobachten.

## 22.3. Zum sachgemäßen Gebrauch von Hülsen

Um seinen Zweck nicht zu verfehlen, sollte eine Patronenhülse immer gefüllt sein. Im Gegensatz zu einer WORTHÜLSE, die auch LEER sein kann. Eine leere Bierhülse hingegen sollte man umgehend durch eine volle ersetzen.

## 22.4. Wie es der Jäger-Sepp in die Zeitung geschafft hat

Bei uns haben alle Männer eine Waffe. Weil: SICHER IST SICHER und SICHERHEIT GEHT VOR und außerdem ist VORSORGE BESSER ALS NACHSORGE. Der Jäger-Sepp hat in seinem Keller über zweihundert Waffen. Einmal hat er mir seine Schießgewehrsammlung gezeigt. Er hat ein Gewehr aus der Glasvitrine herausgenommen und über den Lauf gestrichen. Schau Toni, mit dem hat der Max gespielt. Neben der Glasvitrine hängen ein Foto von der Julia und ein Zeitungsausschnitt: Fünfjähriger erschießt kleine Schwester!

### 22.5. Schlussbemerkung

Da kann man seinen Kindern noch tausend Mal einbläuen: MESSER, WAFFE, SCHERE, LICHT SIND FÜR KLEINE KINDER NICHT. Sie wollen einfach nicht hören. Und: WER NICHT HÖREN WILL, MUSS FÜHLEN. Max weiß jetzt, dass er die Patronen herausnehmen muss, bevor er mit dem Gewehr vom Papa spielt.

## 23. Ein Kampf um die Liebe (Teil 2)

### 23.1. Vorbemerkung

Lassen Sie uns über die kleine Notlüge, die sich Toni erlaubt hat, hinwegsehen. Weil: Eine Notlüge tut keinem weh. Da hätten die Schläge in Tonis Gesicht mehr wehgetan, hätte jemand die Wahrheit herausgefunden, weil: DIE WAHRHEIT TUT IMMER WEH.

### 23.2. Wie ich der Moni einen Liebesbrief gebe

Ich schreibe einen neuen Liebesbrief. Ich male Herzen auf das Briefpapier. In ein großes Herz schreibe ich: Toni und Moni, für immer und ewig. Durch das

Herz bohrt sich ein Pfeil. Ich gebe den Brief in ein Kuvert und packe ihn in die Schultasche.

In der großen Pause gehe ich in das Klassenzimmer von der Moni. Sie sitzt in der Fensterreihe und blättert im Erdkundebuch. Ich gebe ihr den Brief. Sie lächelt. Der Michael kommt und nimmt ihr den Brief weg.

Hat dir dein Verehrer einen Liebesbrief geschrieben? Gib her!

Er reißt das Kuvert auf. Die Moni will ihm den Brief wegnehmen. Jetzt gib schon her! Der Michael hält den Brief in die Höhe und liest laut vor, damit es die ganze Klasse hören kann.

Liebe Moni,
jedes Herz braucht einmal Liebe,
ohne Liebe gibt's kein Glück.
Darum sehn nach deinem Herzen,
ich mich Tag und Nacht zurück.
Jedes Herz braucht eine Heimat,
denn kein Mensch ist gern allein.
Und ich will in deinem Herzen,
alle Zeit zu Hause sein.
Dein Toni

Ich schwitze. Die Mädchen und Buben krümmen sich vor Lachen. Die Moni sieht mich lieb an. Der Michael wiederholt die letzten Zeilen: Und ich will in deinem Herzen, alle Zeit zu Hause sein. Er hält sich den Bauch beim Lachen. Wo hast du denn das her?

Er wischt sich die Tränen aus den Augen. Ich balle meine Faust. Meine Faust trifft seine Nase. Seine Nase blutet. Keiner lacht mehr. Nachdem ich UM DIE LIEBE GEKÄMPFT HABE, redet die Moni nicht mehr mit mir, was nicht Sinn des Kampfes war.

## 23.3. Die schönsten Schlager auf Radio Schlagerglück

Du sollst wissen,
ich kämpf um dich.
Wenn du sagst, dass es aus ist,
dann glaub ich's nicht.

## 23.4. Wie ich es schaffe, dass die Moni wieder mit mir redet

Ich gebe einen Schöpfer Nudelsuppe in einen Suppenteller. Ich schneide kleine Stücke Braunschweigerwurst dazu und rühre ein Säckchen Schneckenkorn hinein. Ich hänge mir ein Handtuch um die Schulter und gehe mit dem Suppenteller langsam hinter das Haus, damit ich nichts verschütte. Miez, miez, miez. Die Katze schlüpft durch den Zaun. Sie schlürft die Suppe auf und schlingt die Wurststücke hinunter. Brav Lilli. Die Katze beginnt zu zittern und zu krampfen. Vor ihrem Maul bildet sich Schaum. Ich wickle die tote Katze in das Handtuch und laufe zum Hof der Großeltern. Ich lege die Katze vor dem Traktorreifen ab, setze mich hinter das Lenkrad und drehe den Zündschlüssel um. Der Traktor ruckelt. Ich trete auf das Gaspedal und fahre ein Stück vor und wieder zurück. Ich stelle den Motor ab und springe vom Traktor. Mit einem Spaten kratze ich die Katze vom Boden. Ich wickle sie in das Handtuch. Der Poldi-Opa schreit vom Haus herüber. Ach du bist das nur, spiel schön, mein Bub. Er verschwindet wieder. Ich hole meinen Spatz aus der Hose und schwemme mit meinem Lulu das Katzenblut weg. Ich laufe zum Moni-Haus und drücke so lange auf die Klingel an der Gartentür, bis die Moni-Mutter das Küchenfenster öffnet.

Die Moni will nicht mit dir reden.
Es ist aber wichtig.
Moni, jetzt komm halt runter.

Die Moni kommt zur Gartentür. Sie verschränkt die Arme vor den Brüsten, von denen ich täglich träume. Ich sag es dir ein letztes Mal: Lass mich in Ruhe. Sie schaut auf das blutige Handtuch. Was ist das? Ich schlage das Handtuch auf. Die Moni hält sich die Hand vor den Mund. Sie sperrt die Gartentür auf, lässt sich ins Gras fallen und schnappt nach Luft.

Ich habe sie auf der Straße gefunden.
Meine Lilli.
Ja, das ist deine Lilli.

Ich wickle die Katze ein und setze mich zu Moni ins Gras. Ich streichle ihren Rücken. Ich streichle ihr

Haar. Ich atme ihren Duft ein. Sie riecht nach Erdbeere. Ist ja schon gut, Moni.

Wir begraben die Lilli auf dem Tierfriedhof. DER HERRGOTT GIBT'S, DER HERRGOTT NIMMT'S. Ich wische der Moni die Tränen von der Wange. Sie legt ihren Kopf auf meine Schulter. Ich drücke sie an mich. Sie schluchzt.

Du bist echt ein guter Freund.
Ich bin immer für dich da, das weißt du.

Ich küsse die Moni auf die Stirn. Sie lacht. Ich küsse sie auf den Mund. Sie boxt mich in den Arm.

Hey, ich habe gesagt ein guter Freund, nicht mein Freund. Mein Freund ist der Michael, schon vergessen? Das ist der, dem du die Nase gebrochen hast. Und wo ist dein Freund, wenn es dir schlecht geht?

Die Moni legt den Kopf schief. Sie lächelt mich an und sagt: Ich habe das übrigens sehr süß gefunden, was du mir geschrieben hast.[27]

---

27 Liebe Petra, kommt es endlich zum Kuss? Abgabetermin ist in zweieinhalb Monaten. LG Tanja
Liebe Tanja, fast hätte ich die beiden so weit gehabt, aber Moni hat sich so sehr unter Kontrolle, es ist unmöglich mit ihr zu arbeiten. LG Petra
Liebe Petra, gib ihr Alkohol. Alkohol enthemmt. Bei Lucy hat das doch funktioniert, vielleicht klappt es bei Moni auch. Es MUSS klappen. LG Tanja
Liebe Tanja, Toni möchte es unbedingt mit einem Gebet versuchen. Aber nach dem Gottesdienst werde ich ein Volksfest organisieren, das mit dem Alkohol ist eine gute Idee. LG Petra
Liebe Petra, ich verstehe Toni. Wenn das mit dir und dem Roman so weitergeht, fange ich auch noch an zu beten. LG Tanja

# 24. Ein Gottvertrauen

## 24.1. Wie ich Gott um Hilfe bitte

Die Mizzi-Oma sagt, wenn nichts mehr hilft, hilft nur noch Beten. Ich ziehe meine Sonntagstracht an und gehe mit der Mizzi-Oma und dem Poldi-Opa zur Kirche. Vor der Kirche stehen die Dorfbewohner. Sie reden über die Fini-Tant, die es zum zweiten Mal mit einem Rezept in die Zeitung geschafft hat. Kalbsbeuschel mit Semmelknödel. Sie ist jetzt neben mir auch so etwas wie eine Bekanntheit im Dorf.

Die Kirchenglocken läuten. Wir gehen hinein. Ich tauche meine Finger in das Weihwasser und bekreuzige mich. Auf einem Gemälde sehe ich die Jungfrau Maria und denke an die Moni. Ich denke die ganze Zeit an die Moni. Meine rechte Hand tut schon weh vom vielen An-die-Moni-Denken. Aber mit der linken Hand kann ich nicht so gut an sie denken. Wir setzen uns. Neben dem Gebetbuch liegt ein toter Marienkäfer. Ich lasse ihn liegen. Kleine Tiere begrabe ich nicht mehr auf dem Tierfriedhof. Wir beten das Glaubensbekenntnis. Dabei habe ich immer viele Fragen, die ich mich nicht zu stellen traue, zum Beispiel: Stimmt die Jungfrau-Sache wirklich? Vielleicht hat sich die Maria das nur ausgedacht, um der Prügelstrafe durch die Mutter zu entgehen. Oder vielleicht hat sich der Josef das ausgedacht, damit er für das ungewollte Kind nicht blechen muss. Oder vielleicht hat sich der Jesus die Geschichte ausgedacht, um eine Bekanntheit zu werden. Mit der

Geschichte hätte er es sicher auch auf die Titelseite der Zeitung geschafft. Wenn ich der Moni ein Kind machen und sagen würde, dass das nicht ich, sondern der Heilige Geist war, würde mir die Mama kein Wort glauben und mir ein paar SAFTIGE WATSCHEN geben. Und zwar so viele, dass sie zwar saftig wie ein gutes Bauchfleisch wären, aber nicht mehr gesund, wie Watschen sein sollen. Vielleicht würde sich die Mama aber auch auf das Enkelkind freuen. Sie müsste sich mit dem Balg ja nicht HERUMSCHLAGEN, das wäre dann Monis Mutterpflicht. Die Mizzi-Oma stößt mir mit dem Ellbogen in die Rippen. Aufhören zu grinsen soll ich, wir beten, wo ich schon wieder mit meinen Gedanken bin. Ich bete: Bitte, lieber Gott, mach, dass die Moni bald mir gehört. Ich glaube an ein glückliches Ende, die heilige kirchliche Vermählung, Gemeinschaft der Dorfbewohner, Vergebung der Sünden, Auferstehung der Gefühle und die ewige Liebe. Amen.

## 24.2. Die Zehn Gebote des Heimatlandes (1–5)

Erstes Gebot: Du sollst keine andere Kultur haben neben unserem kulturellen Angebot (Volkstanzverein, Trachtenverein, Kirchenchor, Männergesangsverein usw.).

Zweites Gebot: Du sollst den Heimatbegriff nicht missbrauchen.

Anmerkung: Wenn Menschen ohne – nicht grenzenlosen, dafür ausgrenzenden – Nationalstolz eine Tracht anziehen, grenzt das an Heimatlästerung. Die Tracht ist unser.

Drittes Gebot: Du sollst den Brauchtum heiligen!

Anmerkung: Zum Beispiel das traditionelle Eiernockerlessen am 20. April beim Schneckerlwirt. GOTT HAB IHN SELIG.

Viertes Gebot: Du sollst deinen Vater und deine Mutter ehren, und zwar in dieser Reihenfolge!

Fünftes Gebot: Du sollst nicht töten!

Ausnahme 1: Wenn du einen Gusto auf Schweinsrippen oder einen Hasenbraten oder ein Truthahnfilet usw. hast.

Ausnahme 2: Wenn es um die Familienehre und den Ruf im Dorf geht.

Die Mutter vom Stefan hat sich in die Badewanne schlafen gelegt, weil sie ein Kopfleiden hatte, über das man nicht spricht, im Gegensatz zu den Körperleiden (Kreuzweh, Knieweh usw.), über die man sehr gerne spricht.

Ein weiteres Beispiel: Der Egger-Bub aus dem Schlaflied in Kapitel 5.1.5 hat sich erhängt, weil er einen Burschen geliebt hat und seine Eltern DAMIT NICHT LEBEN HABEN KÖNNEN.

## 24.3. Die Dorfbewohner über die gleichgeschlechtliche Liebe

Dorfbewohner, 61: Unser Pfarrer würde solchen den Teufel schon austreiben.

Dorfbewohner, 33: Wenn mein Sohn einmal schwul werden würde? Der wird nicht schwul, das ist Erziehungssache.

Dorfbewohnerin, 51: Ich bin modern, ich hab nichts gegen solche. Wären sie meine Nachbarn, würde ich sie ganz normal grüßen. Nein, die Hand würde ich ihnen nicht geben.

## 24.4. Die Zehn Gebote des Heimatlandes (6–10)

Sechstes Gebot: Du sollst nicht ehebrechen!

Folgende Ausnahmen gelten ausschließlich für Männer:

Ausnahme 1: Wenn die Nachbarin unbedingt will.

Ausnahme 2: Wenn die Nachbarin sagt, dass sie nicht will, du aber genau weißt, dass sie ES BRAUCHT.

Ausnahme 3: Wenn du zum runden Geburtstag einen Zehnerblock fürs Grenzpuff geschenkt bekommen hast.

Ausnahme 4: Im Schlagerhimmel, wenn es heißt: Aber dann im Garten Eden, wenn ein jeder darf mit jedem.

Siebtes Gebot: Du sollst nicht stehlen!

Ausnahme: Es handelt sich um eine Unschuld.

Achtes Gebot: Du sollst nicht falsch Zeugnis reden!

Ausnahme 1: Wenn es Wählerstimmen bringt.

Ausnahme 2: Wenn dadurch die Zeitungsauflage gesteigert wird.

Neuntes Gebot: Du sollst nicht begehren deines nächsten Weib!

Ausnahmen: siehe sechstes Gebot.

Zehntes Gebot: Du sollst nicht begehren deines Nächsten Hab und Gut!

Anmerkung: Ident mit neuntem Gebot.

**Lieber Toni!**
**(Neujahrsbaby von Schöngraben an der Rauscher)**

*Wir wollen die Gläser heben,*
*auf die Liebe und das Leben.*

*Alles Gute zum 16. Geburtstag!*
*Papa, Mama, Opa, Oma*

# 25. Ein Familienzusammenhalt

## 25.1. Vorbemerkung

Ein Familienzusammenhalt ist wichtig. Erst in Notsituationen zeigt sich aber, wie sehr eine Familie wirklich zusammenhält. Toni zum Beispiel hat nicht auf Anhieb eine Lehrstelle gefunden. Da hat ihm der Poldi-Opa eine verschafft. Und zwar in der Tischlerei vom Dorfverschönerungsvereinsobmann. Jetzt hat Toni nicht nur eine Lehrstelle in Schöngraben, Schöngraben hat ein neues Ortsschild, eine neue Sitzbank und ein neues Blumenbeet. Da sieht man, was man alles erreichen kann, wenn die Familie zusammenhält. So wertvoll ein starker Zusammenhalt auch ist, so bitter können Familienstreitigkeiten sein. Und wie in Kapitel 20.3 bereits angekündigt, müssen Toni und wir aufgrund eines Regiefehlers einen Streit miterleben. Ich kann Sie nur inständig bitten, sich die Ohren zuzuhalten, damit Sie das nachfolgende Gespräch nicht hören müssen.

## 25.2. Wie die Mama und die Mizzi-Oma streiten

Nach der Arbeit gehe ich nach Hause. Es riecht nach Geselchtem und Schnaps. Die Küchentür ist nur angelehnt. Schon im Vorraum höre ich, wie die Mizzi-Oma die Mama anschreit.

Der Bub ist sechzehn, Gabi!
Gib die Flasche her, Oma, du hast genug.
Sag ihm endlich die Wahrheit, Gabi!
Du hast genug, hab ich gesagt!
Oder soll ich?
Wem ist damit geholfen, keinem, hallo Toni, schon zurück?
Was ist los?
Nichts ist los, wasch dir die Hände, das Essen ist gleich fertig.

## 25.3. Schlussbemerkung

Wenn es in einem Heimatroman zu einem Konflikt innerhalb der Familie kommt, wird er bereinigt werden. So auch in unserem Fall, versprochen. Bald haben alle Figuren gelernt: Für die Vergangenheit hat sich keiner zu interessieren. Wenn sich einer für die Vergangenheit interessiert, war sie schön, weil früher alles besser war. Außerdem war nicht alles schlecht.

Mit diesen Worten beenden wir auch schon das Kapitel, denn wahrer Familienzusammenhalt zeichnet sich nicht durch miteinander reden, sondern durch miteinander schweigen aus.

# 26. Eine schicksalhafte Wendung

## 26.1. Vorbemerkung

Im Heimatroman muss der Held gar nicht erst versuchen, ein Problem zu lösen. Ein Zufall oder besser gesagt eine schicksalhafte Wendung[28] verhilft ihm ohne sein Zutun zum Glück, weil wenn das Schicksal es will, wird ein Wunder geschehen, solang die Hoffnung noch lebt, wird unser Traum nie mehr vergehen. Toni hätte sich die Liebesbriefe und die Katzenvergiftung also sparen können. Falls Sie das Buch noch einmal lesen sollten, wovon wir ausgehen, können Sie die Kapitel *Ein Kampf um die Liebe (Teil 1)* und *Ein Kampf um die Liebe (Teil 2)* getrost überblättern, ohne etwas zu versäumen.

---

28 Liebe Petra, schicksalhafte Wendung klingt gut. Das heißt, du hast eine Lösung für das glückliche Ende gefunden? LG Tanja
Liebe Tanja, noch nicht. Aber die nachfolgende Szene könnte die Handlung vorantreiben. Wie besprochen, habe ich allen Figuren Alkohol eingeflößt. Das wird ein Selbstläufer. LG Petra

## 26.2. Wie mich die Moni küsst (mit Zunge)

Auf dem Volksfest spielt das Alpenrosen-Duo auf. Die Dorfbewohner stehen schunkelnd auf den Heurigenbänken und grölen mit. Einmal hin und einmal her, tanzen ist bestimmt nicht schwer. Die Tanzfläche ist voll. Der Michael tanzt mit der Rescher Angela. Er gräbt seine Hand in ihren Hintern. Die Moni steht an der Schank und trinkt einen Vogelbeerenschnaps. Der Rescher Angela quellen die Brüste aus der Dirndlbluse heraus, der Michael beißt hinein. Busserl dort und Busserl do, do geht's auf holdrio. Die Moni trinkt noch einen Schnaps. Ich bestelle ein Bier und eine Bratwurst. Die Moni nimmt meine Hand und zieht mich durch die Menge auf die Tanzfläche. Der Moni-Vater streckt beide Daumen in die Höhe. Er mag den Michael nicht, weil er mit dem Michael-Vater seit Jahren einen Grundstückstreit hat. Mich mag er. Sein Großvater hat mit meinem Urgroßvater Seite an Seite im Krieg gekämpft. Mein Kampfgeist ist auch wieder erwacht. So hab ich mir gedacht, es wird schon werden heute Nacht. Die Moni legt ihre Arme um meinen Hals. Ich steige ihr auf die Zehen. Sie legt meine Hände auf ihren Hintern. Sie legt meine Hände auf ihre Brüste. In meiner Lederhose wird mein Spatz zum Prügel. Die Moni reißt die Augen auf. Sie drückt mich weg. Der Michael fährt der Rescher Angela mit der Zunge in den Mund. Die Moni drückt mich an sich. Sie fährt mit ihrer Zunge in meinen Mund. Ich reibe mein Becken an ihrem Becken. Ich kann nicht aufhören und reibe mich an ihrem Oberschenkel, immer wilder. Mitten auf dem Tanzboden hab ich dich vernascht, mit meinem Busserl hab ich dich ganz einfach überrascht. Die Moni speit mir auf die Trachtenschuhe. Ich grinse. Holaridiridiriheiho. Obwohl ich mich auch ein bisschen darüber ärgere, dass das Bier jetzt warm und die Bratwurst kalt ist.[29]

**Lieber Toni!**
**(Neujahrsbaby von Schöngraben**
**an der Rauscher)**

*Heute feiern wir deine Volljährigkeit,*
*du bist für das Erwachsenenleben bereit.*

*Alles Gute zum Geburtstag!*
*Papa, Mama, Opa, Oma*

29 Liebe Tanja, wir könnten an dieser Stelle aussteigen, die beiden haben sich immerhin geküsst und ich könnte den Abgabetermin einhalten. Wann ist der noch einmal? LG Petra
Liebe Petra, nein. Die Frau Schriftstellerin hat im Prolog ein Ende mit Hochzeitsglocken versprochen. Wir dürfen die LeserInnenerwartung nicht enttäuschen. Bring Moni ENDLICH dazu, Toni zu heiraten. Und denk an eine Szene, die in den Bergen spielt (Stichwort: Cover). Abgabetermin ist in zwei Monaten. LG Tanja

# 27. Ein tragischer Schicksalsschlag

## 27.1. Vorbemerkung

Wir steuern ungebremst auf das glückliche Ende zu. Nach der schicksalhaften Wendung gibt es kein Zurück mehr, auch wenn Moni das nicht wahrhaben will und weiterhin auf ein freundschaftliches Verhältnis zu Toni besteht. Soll sie herumzicken, so viel sie will, wir wissen ja, dass nach der schicksalhaften Wendung das glückliche Ende kommt. Wir wissen zwar noch nicht, wie wir es herbeiführen werden, aber das hat Sie nicht zu kümmern. Bevor es so weit ist, muss ohnehin noch etwas passieren. In einem Heimatroman darf neben einer schicksalhaften Wendung ein tragischer Schicksalsschlag nicht fehlen. Beispiele: Der geliebte Bruder stürzt in den Bergen ab. Die geliebte Großtante stirbt an einer Lungenentzündung usw. Sie kennen bestimmt noch andere Beispiele, in denen der Held der Geschichte einen geliebten Menschen oder ein geliebtes Haustier verliert. In dem Heimatroman-Klassiker *Toni und Moni oder: Anleitung zum Heimatroman* verliert die Freundin des Dorfhelden beispielsweise ihre geliebte Katze Lilli. Vor so einem Unglücksfall dürfen wir auch Toni nicht bewahren, so gerne wir das tun würden. Denn: Beide Titelhelden müssen einen Schicksalsschlag erleiden, damit sie wieder wissen, was zählt: die ewige Liebe.

## 27.2. Wie es die Oma und der Opa gemeinsam in die Zeitung geschafft haben

Nach dem Frühstück bringe ich die Zeitung ins Großelternhaus. Im Haus ist es still. Ich höre keine Volksmusik und kein Geschirrklappern aus der Küche. Ich öffne die Küchentür. In der Küche ist keiner. Ich lege die Zeitung auf den Tisch. Auf dem steht eine halbleere Schnapsflasche. Ich ziehe den Vorhang ein Stück zur Seite und sehe aus dem Fenster. Der Nachbar hackt Holz. Er hebt die Hand zum Gruß. Ich gehe ins Badezimmer. Ich lausche an der Klotür. Ich gehe zum Schlafzimmer und will die Tür öffnen. Ich sehe Bilder in meinem Kopf: Wie die Mizzi-Oma auf allen vieren im Bett kniet. Wie ihr die faltigen Brüste wie ungebügelte Socken hinunterhängen. Wie der Poldi-Opa hinter der Mizzi-Oma kniet. Wie seine langen Hodensäcke der Mizzi-Oma bei jedem Stoß auf das grauhaarige Großmutterloch klatschen. Ich lege mein Ohr an die Tür. Ich höre kein Stöhnen und kein Bettenquietschen. Ich klopfe an und öffne die Tür einen kleinen Spalt. Ich sehe den Kopf von der Oma. Ich mache die Tür weiter auf. Ich sehe den Opa. Er starrt mich an.

## 27.3. Heute in Ihrer Zeitung

**Bluttat in Schöngraben an der Rauscher**

Viertes Familiendrama in Österreich binnen fünf Tagen. In Schöngraben an der Rauscher dürfte ein 61-Jähriger laut Polizei seiner Ehefrau (57) den Kopf abgesägt und sich danach erhängt haben. Der Enkelsohn fand die beiden Leichen. Die Hintergründe der Tat sind noch unklar.

## 27.4. Auflösung unseres Ratespiels

Der Poldi-Opa hat es zum ersten Mal und die Mizzi-Oma sogar schon zum zweiten Mal in die Zeitung geschafft. Wir gratulieren den beiden ganz herzlich und ganz besonders gratulieren wir allen, die das Ratespiel aus Kapitel 9.4 richtig gelöst haben. Die Gewinner haben sich einen Marillenschnaps verdient! Diejenigen, die falsch gelegen haben, bekommen einen Trostpreis: einen doppelten Marillenschnaps. Prost!

## 27.5. Zwischenbemerkung

Falls Sie jetzt entsetzt sein sollten und einer dieser Gedanken (das darf ja nicht wahr sein! Warum nur? Geh bitte, muss das sein?) bei Ihnen auftaucht, nehmen Sie sich ein Beispiel an uns und reden Sie nicht darüber, sondern über das heutige Menü vom Kirchenwirt (das geröstete Hirn mit Ei müssen Sie probieren!) oder das Wetter (ein wolkenloser Tag ist das wieder!). Spülen Sie Schuldgefühle (hätte ich das mit einem

Leserbrief irgendwie verhindern können?) mit einem weiteren Schnaps (der Birnenbrand ist übrigens auch sehr zu empfehlen!) hinunter, und sollte es Ihnen trotzdem nicht gelingen, das Bild des abgetrennten Kopfes aus Ihrem Kopf zu kriegen, schreiben Sie folgenden Satz einhundert Mal in das nach zahlreichen Leseranregungen nachträglich eingefügte Ausfüllblatt *LEERsätze für ein Leben wie im Heimatroman – Raum für eigene Notizen* (siehe Anhang): SO ETWAS KOMMT IN DEN BESTEN FAMILIEN VOR.

## 27.6. Heute in Ihrer Zeitung

**Ein Verbrechen schockt Österreich.** Nachbarn können Familiendrama nicht fassen. Wahnsinnstat in Oberösterreich. Familientragödie in Niederösterreich. Horrortat in der Steiermark. Wie es zu der Bluttat in Kärnten kam. Ein Toter bei Familientragödie im Burgenland. Zwei Tote bei Familientragödie in Vorarlberg. Ganze Familie ausgelöscht. Mutter tötet Kind. Familienvater tötet Frau und Kind. Sohn tötet Eltern. Betroffenheit und Bestürzung im Ort. Tragödie ist Schock für ganze Gemeinde.

## 27.7. Abschlussbericht der Polizei Schöngraben

Nach dem Mord und Suizid in Schöngraben an der Rauscher bleibt das Motiv für die Tat unklar. Die Kriminalpolizei stellt ihre Ermittlungen ohne Ergebnis ein. Es wurde weder ein Abschiedsbrief gefunden noch brachte die Befragung von Angehörigen und Vereinskollegen neue Hinweise.

# 28. Eine schöne Tradition (Teil 3)

## 28.1. Vorbemerkung

So traurig der Anlass, so schön ist es, dass das ganze Dorf wieder einmal zusammenkommt.

## 28.2. Wie wir der Oma und dem Opa gedenken

In der Aufbahrungshalle stehen zwei Holzsärge nebeneinander. Links liegt die Mizzi-Oma und rechts der Poldi-Opa. Wie im Ehebett. Auf einem Metallständer davor steht ein Bilderrahmen mit dem Hochzeitsfoto der beiden. Auf dem Foto lächeln sie. Jetzt hat sie der Tod geschieden. Bald werden sie die Würmer fressen. Neben den Särgen liegen Blumengestecke und Kränze mit Schleifen. Auf den Schleifen stehen letzte Grüße und die Namen der Familien, die die Kränze und Blumengestecke gekauft haben. Der Moni-Vater schlichtet die Kränze um, weil er nicht will, dass sein Kranz neben dem Kranz von der Waidinger Dorli liegt. Er will nicht, dass wieder irgendwelche Gerüchte aufkommen, die jetzt erst recht aufkommen. Der Onkel Helmut, der beim Kartenspielen im Gasthaus nach einer Pechsträhne (Geld weg, Auto weg) eine alte Fotokamera erspielt hat, macht vom Papa, der Mama und mir Familienfotos: Wie wir vor den Särgen stehen. Wie wir neben den Särgen stehen. Wie wir nicht in die Kamera, sondern traurig auf die Särge schauen. Der Onkel Helmut zeigt uns die Fotos. Sie sind verschwommen. Die

Großcousine kommt in die Aufbahrungshalle. Einen Koffer hat sie mit, bleibt sie dieses Mal etwa länger? Die Leute ZERREISSEN SICH DAS MAUL über sie. Schon wieder hat sie ein neues Kleid an. Wenigstens stimmt heute die Farbe. Und Schuhe hat sie an als wie. Wie sie mit den Schuhen zum Grab hinaufgehen will, möchte ich mir anschauen. Einen Heimatroman will sie schreiben, hab ich gehört. Wir setzen uns. Die Bänke knirschen unter den dicht aneinandergedrängten Hintern. Schauen kommen wollen sie alle, sagt die Mama. Wir sitzen in der ersten Reihe. Die Fini-Tant und die Fani-Tant hinter mir flüstern so leise, dass ich sie kaum hören kann.

Er war so ein netter Mensch.
Naja, ein bisschen DRECK AM STECKEN hat er gehabt, wenn man glauben kann, was man so hört.
Ach so? Was hört man denn so?
Allerhand.

Der Kirchenchor tritt ein.

Warum es so viel Leiden, so kurzes Glück nur gibt?
Warum immer scheiden, wo wir so sehr geliebt?
Opas Genick gebrochen, Omas Mund nun stumm,
der erst noch hold gesprochen: Lieber Gatte, warum?

Der Pfarrer betritt die Halle. Es wird dunkel, begleite du mich durch die Nacht. Herr erbarme dich. Er spricht über die Mizzi-Oma und den Poldi-Opa. Wo sie sich kennengelernt haben (beim Vereinsfest). Wo sie geheiratet haben (in der Dorfkirche). Wen sie als Kinder bekommen haben (die Mama, den Onkel Helmut, den Onkel Wilhelm). Wen sie als Enkelkinder bekommen haben (mich, die Kinder vom Onkel Wilhelm). Was für Eltern sie waren (liebenswürdige). Was für Großeltern sie waren (stolze). Was für Bauern sie waren (fleißige). Was für ein Vereinsmitglied er war (ein angesehenes). Was für eine Köchin sie war (eine gute). Was für Menschen sie waren (anständige). Was für Kirchgänger sie waren (großzügige). Der Pfarrer sagt, dass Gott allein weiß, warum er ausgerechnet die guten Menschen immer so plötzlich aus dem Leben reißt.

## 28.3. Wie die Oma und der Opa begraben werden

Wir stehen am Doppelgrab. Die letzten Trauergäste kommen den Hügel herauf. Zwei Männer tragen Kriegsuniformen. Die Großcousine versinkt mit ihren Stöckelschuhen bei jedem Schritt in der Erde. Sie flucht. Ich lache. Die Mama gibt mir eine Watschen. Es werden Reden gehalten. Vom Richard (Kameradschaftsbundobmann). Vom Peter (Feuerwehrobmann). Vom Ludwig (Dorfverschönerungsvereinsobmann). Alle reden davon, wie spendabel der Poldi-Opa war und LOBEN IHN IN DEN HIMMEL. Die Großcousine deutet zu den Männern in den Kriegsuniformen und flüstert der Tante Waltraud zu: Was machen die Scheißnazis da? Die Tante Waltraud sagt: Pssst, jetzt lass die Alten halt oder sollen die Uniformen im Kasten verstauben?

## 28.4. Die Dorfbewohner über die NS-Vergangenheit

Dorfbewohner, 59: Auf dem Foto sieht man den Großvater in der SS-Uniform. Da brauchst du gar nicht entsetzt sein, wir haben nichts verbrochen.

Dorfbewohnerin, 54: Ich finde es eine Frechheit, dass wir keine Opferentschädigung bekommen. Alle kriegen was, nur wir nicht. Die Unsrigen sind ja genauso gefallen.

Dorfbewohner, 67: Bei der SS ist nicht jeder genommen worden. Das ist eine Auszeichnung, auf die die Nachkommen stolz sein können.

Dorfbewohner, 94: Solche wie dich hätte es nicht gegeben damals. Die nichts arbeiten und andere von der Arbeit abhalten mit ihrer Fragerei. Für dich hätten wir schon eine Beschäftigung gefunden damals.

Dorfbewohnerin, 66: Ob mein Vater bei den Nazis war, weiß ich nicht. Dafür habe ich mich nie interessiert.

Dorfbewohner, 20: Ich fände das lustig, wenn wieder so einer wie der Hitler kommen würde. Das wäre einmal was anderes.

## 28.5. Wie die Oma und der Opa begraben werden (Fortsetzung)

Die Särge werden im Erdloch versenkt. Der Papa hält die Mama im Arm. Die Mama weint nicht. Ich weine auch nicht, weil MÄNNER WEINEN NICHT. Die Moni weint, obwohl das gar nicht ihre Großeltern waren, sondern meine. Ich nehme die Moni in den Arm und drücke sie an mich. Sie lässt es geschehen. Ich unterdrücke ein Schmunzeln, weil man auf dem Friedhof nicht schmunzelt. Der Kirchenchor singt das Hochzeitslied von der Mizzi-Oma und dem Poldi-Opa. Die Großcousine hält ein Aufnahmegerät in Richtung des Chors.

Ich habe die Liebe gesehen,
beim ersten Blick auf deinen Busen.
Auf einmal fing sich in mir alles an zu drehen,
wir schauten uns nur an,
und das Familienglück begann.

Wir werfen Erde und weiße Rosen auf die Särge. Dann gehen wir essen.

## 28.6. Was es zum Leichenschmaus gibt

Beim Kirchenwirt sitze ich neben der Moni. Links von mir sitzen der Papa und die Mama. Neben der Moni sitzen die Moni-Eltern. Gegenüber von mir sitzen die Großcousine und die Großcousinen-Eltern. Die Kinder laufen im Saal umher und machen einen

Wirbel als wie. Der Harry schenkt die Getränke ein und die Silvia bringt das Essen. Rindsgulasch mit Semmeln. Die Großcousine und die Moni kauen an ihren Semmeln herum.

Darf ich dich was fragen?
Ja klar, Moni.
Wie ist das Leben in der Stadt so?

Der Moni-Vater haut mit der Faust auf den Tisch.

HERRGOTT NOCHMAL! Fang nicht schon wieder damit an!
Ich frag ja nur.
Mit sechzehn will sie in die Stadt gehen und wir können dann ihre Leiche identifizieren, nachdem die Banden auf irgendeiner öffentlichen Toilette ihre Nieren rausgeschnitten haben. Sicher nicht.

Die Moni-Mutter streicht dem Moni-Vater über den Rücken.

Beruhige dich, der Herr Doktor hat gesagt, du sollst dich nicht immer so aufregen. Sie soll sich einmal bewerben, Walter, dann wird sie schon sehen, dass in der Stadt keiner auf sie wartet.

Die Großcousine ist die Einzige am Tisch, die das Stadt-Thema interessiert.

Was möchtest denn in der Stadt machen, Moni?

Eine Lehre zur Fotografin, ich will Reisefotografin werden.

## 28.7. Die schönsten Schlager auf Radio Schlagerglück

Mit sechzehn hat man noch Träume,
da wachsen noch alle Bäume,
in den Himmel der Freiheit.
Mit sechzehn kann man noch hoffen,
da sind die Wege noch offen,
in den Himmel der Freiheit.
Doch mit den Jahren wird man erfahren,
dass die Träume Schäume nur waren.

## 28.8. Schlussbemerkung

Das darf nicht wahr sein! Jetzt haben wir den einen Konflikt, der Michael geheißen hat, aus dem Weg geräumt (er geht jetzt Gerüchten zufolge übrigens mit der Franzi und soll erst vorgestern vom Cousin des Schwagers vom Tankstellen-Karli bei der Ildikó gesehen worden sein, auf die ihn der Freund seines Vaters eingeladen hat, und als er vom Laufhaus rauschig heimgekehrt ist, hat er die Franzi mit dem Gerhard, der mittlerweile von der Yvonne geschieden und mit der Rescher Angela verheiratet ist, die der Michael nach wie vor in der alten Kapelle bumst, auf dem Kuhfell im Weinkeller erwischt und soll ihn mit dem Pokal, den er beim Preisschnapsen gewonnen hat, erschlagen haben, was ihm aber keiner nachweisen kann und will, schon gar nicht der Moni-Vater, der den Michael zwar noch immer nicht leiden kann, dessen Vater sich aber wegen des Grundstücks plötzlich gesprächsbereit gezeigt hat), da taucht ein neuer Konflikt auf. Jetzt hätte nach dem romantischen Kuss auf dem Volksfest, der freilich schon eine Zeit her ist, der aber Toni und uns alle noch immer hoffen lässt, weil DIE HOFFNUNG STIRBT ZULETZT, endlich das glückliche Ende in Schnörkelschrift am Horizont auftauchen können, da denkt sich Moni einen neuen, viel größeren Konflikt aus. Und wer ist schuld? Die Großcousine mit ihrem schlechten Einfluss. Dabei haben wir zu Moni nach der Michael-Geschichte gesagt: Jetzt reicht es aber. Jetzt hast du Toni lange genug hingehalten. Wie lange willst du ihn noch warten lassen? Zier dich nicht so. Enttäusche unsere Leser nicht, die schon sehnsüchtig auf das glückliche Ende warten. Stundenlang haben wir auf sie eingeredet. Wir haben eine Krisensitzung mit sämtlichen Hauptfiguren beim Kirchenwirt einberufen (übernimmt die Spesen eigentlich der Verlag?[30]), aber sie hat nicht auf uns gehört, dieser Sturschädel von einer Romanfigur. Die Schweinsbratenverweigerung hätten wir

30 Anmerkung Verlag: Nein. Wenn Petra Piuk ihre ProtagonistInnen nicht unter Kontrolle hat, ist das ihre Angelegenheit. Die Romanausgaben sprengen ohnehin schon das Budget. Die DorfbewohnerInnen konsumieren Speisen und Getränke ohne Ende. Hinzu kommen die exorbitant hohen Ausgaben für die Antagonistin, die bei jedem Auftritt ein neues schwarzes Kleid trägt. Und die Bergkulisse, die sich unsere Lektorin eingebildet hat, war auch nicht gerade günstig. Vielleicht können wir wenigstens Druckkosten einsparen, indem wir langsam zu einem (glücklichen) Ende kommen.

ihr als jugendliche Spinnerei durchgehen lassen, weil wenn sie erst einmal jeden Tag eine ordentliche Mahlzeit für Toni zubereiten muss, wird der Appetit wieder von ganz allein kommen. Aber dass sie jetzt auch noch davon träumt, eine Karriere in der Welt zu machen statt von einer Traumhochzeit im Dorf, geht zu weit. Was willst du anfangen mit deiner Freiheit, Moni? Wir sind mehr als enttäuscht von dir. Hätten wir nicht schon deinen Namen auf den Buchumschlag drucken lassen, würden wir dich durch Vroni ersetzen, die beim Romancasting auch nicht schlecht war und mit sechzehn schon ganz genau weiß, wie ihre Kinder einmal heißen werden, nämlich Markus, Martin, Matthias und, sollte es einmal danebengehen, Mathilda.[31]

31 Liebe Petra, ich habe das Gefühl, dir entgleitet der Roman zusehends. Deine Protagonistin macht, was sie will. Die Frau Schriftstellerin mischt sich in Verlagsangelegenheiten und das Figurencasting ein. Wobei sie schon recht hat, da hast du in der Tat nicht immer die richtige Entscheidung getroffen. Im Nachhinein betrachtet wäre Vroni die bessere Wahl gewesen, aber dafür ist es jetzt zu spät. Und die Bergkulisse auf dem Cover hast du immer noch nicht bespielt. Sag mir bitte: Kriegst du das mit dem glücklichen Ende in einem Monat hin? Und zwar so, dass die Geschichte noch halbwegs realistisch ist? LG Tanja
Liebe Tanja, selbstverständlich kriege ich das hin. Wieso zweifelst du ständig daran? LG Petra
Liebe Petra, weil ich das Gefühl habe, dass du noch immer nicht an schicksalhafte Wendungen und die ewige Liebe glaubst, bitte sage mir, dass ich mich täusche. LG Tanja
Liebe Tanja, nur weil ich nicht an die Scheißliebe glaube, heißt das nicht, dass ich nicht über sie schreiben kann. LG Petra
Liebe Petra, wieso ist dann ein glückliches Ende noch nicht in Sicht? Und selbstverständlich musst du an das glauben, was du schreibst (Stichwort: Authentizität). Ich mache dir einen Vorschlag. Gönn dir eine Auszeit, unternimm Wanderungen in der Natur, schau dir Heimatfilme an und hör Schlagermusik. Der Roman würde ohnehin noch mehr Intertextualität vertragen. LG Tanja
PS: Ich empfehle dir Radio Schlagerglück.

# 29. Eine Heimatverbundenheit

## 29.1. Vorbemerkung

In einem schönen Heimatroman will keiner die Heimat verlassen. Und wenn doch einer die Heimat verlässt, kehrt er, nachdem er den Fehler eingesehen hat, wieder zurück, und zwar voller Reue. Weil (hör gut zu, Moni!):

Die große Stadt lockt mit ihrem Glanz,
mit schönen Männern, mit Musik und Tanz.
Doch der Schein hält nicht,
was er dir verspricht,
dreh dich noch einmal um,
die Dorfbewohner lügen nicht.

## 29.2. Die Dorfbewohner über das Leben in der Stadt

Dorfbewohnerin, 41: In der Großstadt vergewaltigen sie dich in der U-Bahn und keiner sagt was.

Dorfbewohner, 54: Da sammelt sich das ganze Ungeziefer. Und wo Ratten auftauchen, tragen sie Vernichtung ins Land. Wie Wespenlarven zerfressen sie die Made von innen. Wenn du meine Meinung hören willst: Das Ungeziefer gehört ausgerottet, total und radikal, bevor es sich vermehrt. Aber das darfst alles nicht laut sagen, sonst heißen sie dich gleich einen Nazi. Das schreibst eh nicht in dein Buch, gell.

Dorfbewohner, 40: Wie hat der Großvater immer gesagt, die Heimat verlässt man nicht, für die Heimat stirbt man.

Dorfbewohnerin, 79: Das Stadtleben fördert die Entmenschung. Nur daheim bist du Mensch, daheim bei den Deinen.

Dorfbewohnerin, 67: Dahoam is dahoam, wannst net fortmuaßt, so bleib. Denn d'Hoamat is ehnter der zweit Muaderleib.

## 29.3. Wie es mir damit geht, dass die Moni die Heimat nicht mehr schätzt

Ich liege in meinem Bett und reibe meinen Spatz, der mittlerweile fast so groß ist wie der Schlagstock vom Moni-Vater. Ich stelle mir vor, wie ich der Moni die Dirndlbluse aufknöpfe. Wie ich sie vom Büstenhalter befreie. Wie ich an ihren Brustwarzen sauge. Ich kann mich nicht auf die Moni-Brüste konzentrieren. Ich sehe die Moni, wie sie in der U-Bahn von Fremden vergewaltigt wird. Ich will nicht, dass die Moni in die Stadt geht. Ich will, dass sie bei mir in Schöngraben bleibt.

## 29.4. Zwischenbemerkung

Wir hoffen genauso wie Toni, dass Moni es sich anders überlegen und der Heimat treu bleiben wird.

Warum auch so viele Frauen die Heimat verlassen müssen, wo sie mit ihren roten Dirndlkleidern so gut zu den blauen Bergen passen. Selbstverständlich wissen wir, wie der Roman ausgehen wird, nämlich mit einer Hochzeit (auch wenn sogar ich da mittlerweile meine Zweifel habe, aber meine Meinung interessiert ja keinen, ich bin bloß die Erzählerin). Dennoch fragen wir uns: Wird Moni von ganz allein zur Vernunft kommen und zu ihrem wahren Schicksal, das Heirat und Mutterschaft heißt, finden? Oder wird sie tatsächlich in die Stadt gehen und eine Lehre als Fotografin anfangen, um danach voller Reue zu Toni zurückzukehren? Werte Leser, nachdem ich selbst nicht mehr weiß, was unsere Figuren als nächstes machen werden, ist es für mich genauso spannend wie für Sie.

## 29.5. Wieso die Großcousine die Heimat plötzlich schätzt (Teil 1)

Nach dem Sonntagsgottesdienst sitzen der Bürgermeister, der Tankstellen-Karli, der Papa und ich beim Kirchenwirt. Wir trinken und rauchen. Auf Radio Schlagerglück spielen sie: Du bist mein erster Gedanke. Der Bürgermeister schiebt mir einen Fünfzig-Euro-Schein her. Da hast einen Fünfziger, damit gehst zur Ildikó, länger als eine halbe Stunde wirst ja nicht brauchen. Die Männer lachen. Du bist mein letzter Gedanke, am späten Abend, bei Nacht. Ich will nicht zur Ildikó gehen. Ich schiebe den Geldschein wieder zurück zum Bürgermeister. Der dämpft seine Zigarette aus. Mich stört es halt, dass es ein so fescher Bursche noch immer nicht gemacht hat, Moni hin oder her. Du bist in all meinen Träumen, Glück und Erfüllung für mich. Der Papa hebt sein Glas. Von mir hat er das jedenfalls nicht. Und der Tankstellen-Karli flüstert mir zu: ZWEIGLEISIG FÄHRT ES SICH BESSER, glaub mir. Die Männer lachen. Die Großcousine kommt in die Stube und das Lachen verstummt. Der Bürgermeister steckt den Schein ein. Da schau her, hoher Besuch, setz dich her zu uns, was trinkst denn? Die Großcousine setzt sich. Sie sieht die Titelseite mit meinem Foto, die eingerahmt an der Wand hängt. Das hängt auch noch immer überall, was? Der Harry kommt an den Tisch. Schöngraben ist halt stolz auf sein Neujahrsbaby. Die Großcousine bestellt ein stilles Wasser, das bei uns Leitungswasser heißt. Der Papa bestellt das Wasser wieder ab.

Nichts da, stell her eine Runde Williams.
Für mich nicht, Friedl.
Ein Stamperl wirst schon mittrinken.
Nein, wirklich nicht. Ich wollt euch ein paar Fragen stellen, ihr wisst ja, ich arbeite an einem neuen Roman.

Die Großcousine legt ein Aufnahmegerät auf den Tisch. Ein rotes Licht leuchtet auf.

Schenk ihr halt ein Achterl ein, wenn sie keinen Schnaps verträgt.
Ich trinke auch keinen Wein, Friedl, wieso hat der Poldi die Mizzi umgebracht?

Bist etwa eine Biertrinkerin?
Ich trinke keinen Alkohol. Haben die Großeltern öfter gestritten?
Ein Bier ist kein Alkohol.
Ich hätte trotzdem gerne ein Wasser, ist das irgendwie möglich?
HERRSCHAFTSZEITEN, dann gib ihr halt ein Glas Wasser zum Schnaps dazu.

Die Großcousine verdreht die Augen.

Also, haben die Großeltern öfter gestritten?
Wenn sich wer gefetzt hat, waren das die Mama und die Oma.

Die Männer räuspern sich. Der Papa schaut mich an. Was erzählst du da, ich habe die zwei noch nie streiten sehen, außer wenn es darum ging, ob man einen Speck ins Sauerkraut reinschneidet oder nicht. Er lacht. Der Bürgermeister lacht nicht. Und selbst wenn sie gestritten haben, unsere Familienangelegenheiten gehen keinen was an und die Auswärtigen am allerwenigsten. Der Harry bringt eine Runde Schnaps. Das Wasser kommt gleich! Die Großcousine schiebt ihr Schnapsglas von sich. Der Tankstellen-Karli zwickt die Großcousine in den Bauch.

Jetzt erzähl du einmal, ist da was unterwegs?
Wie bitte?

Die Großcousine zieht den Bauch ein. Na weilst nicht einmal anstoßen magst mit uns.

## 29.6. Gründe, keinen Alkohol zu trinken

Es gibt keinen Grund, keinen Alkohol zu trinken, weil EIN ACHTERL IN EHREN KANN KEINER VERWEHREN.

## 29.7. Die schönsten Schlager auf Radio Schlagerglück

Österreichischer Wein und die altvertrauten Lieder,
schenk noch mal ein,
denn ich fühl die Sehnsucht wieder,
in diesem Dorf werd ich immer eine Fremde sein,
und allein.[32]

## 29.8. Wieso die Großcousine die Heimat plötzlich schätzt (Teil 2)

Am Nachmittag ist die Großcousine bei der Mama auf Besuch. Sie stopft sich eine Buchtel in den Mund. So gut, deine Buchteln, ich kann gar nicht aufhören, hast du das Rezept schon einmal eingeschickt? Die Mama lächelt.

---

32 Liebe Tanja, ich höre auf dein Anraten hin jeden Tag Radio Schlagerglück. Vorhin habe ich mich dabei ertappt, wie ich zu *Schöner Fremder Mann* mit dem Fuß wippe. Zum Glück hat das keiner gesehen. LG Petra
Liebe Petra, du dürftest dich mit dem SCHLAGERVIRUS infiziert haben. Ist nichts Lebensbedrohliches. Vielleicht hilft er dir sogar, dich intensiver auf die Geschichte einzulassen. Wippe mit dem Fuß, tanze, summe mit, mach alles, was nötig ist, um in eine Glückliches-Ende-Stimmung zu kommen. LG Tanja

Geh hör auf, die Buchteln sind nichts Besonderes.
Und ob, das Rezept musst du unbedingt einschicken.

Die Großcousine schleckt sich die Finger ab und nimmt eine zweite Buchtel, bricht ein Stück ab und tunkt den Teig in den Kaffee. Sie spricht mit vollem Mund, wofür ich schon eine Watschen kassiert hätte.

Und jetzt sag, Gabi, wieso hat dein Vater deine –
Magst noch einen Kaffee?
Irgendwas weißt du doch.
Du trinkst ihn ohne Zucker, oder?
Alle wissen irgendwas, ich bin doch nicht blöd.
Also ich würde ihn ohne Zucker nicht runterkriegen.

Die Mama gießt der Großcousine Kaffee nach. Die Großcousine fragt: Weswegen hast du mit der Mizzi gestritten? Die Mama verschüttet Kaffee und flucht. KRUZIFIX NOCHMAL! Sie wischt mit einem Fetzen das Kaffeehäferl ab und über den Tisch. Nimm dir noch eine Buchtel, warm sind sie am besten. Sie schiebt der Großcousine das Backblech hin.

Der Toni hat gesagt, dass ihr in letzter Zeit –
Der Toni!

Die Mama hebt die Hand und schaut mich an. Sie lässt sie wieder fallen. Der Bub weiß ja nicht, was er redet, und jetzt dreh das Ding ab. Die Mama geht aus dem Zimmer. Die Großcousine schaltet das Aufnahmegerät ab, nimmt einen Schluck Kaffee und verbrennt sich die Lippen. Sie sieht mich an. Wieso redet keiner mit mir? Ich zucke mit den Achseln. Weswegen haben sich deine Mama und deine Oma gestritten? Ich zucke wieder mit den Achseln und schaue auf den Boden. Ach Toni, mir kannst du es ja sagen. Ich sage nichts. Die Großcousine schaut aus dem Fenster zum Haus der Großeltern.

## 29.9. Zwischenbemerkung

Da täuscht die Großcousine eine Heimatverbundenheit vor, wo keine ist. Will mit den Dorfbewohnern über den Tod von Tonis Großeltern reden. Aber: Von uns erfährt sie KEIN STERBENSWÖRTCHEN. WIR SCHWEIGEN WIE EIN GRAB. Abgesehen davon haben wir der Polizei schon alles gesagt, was wir wissen, nämlich nichts. Was soll schon gewesen sein? Der Großvater hat die Großmutter MUNDTOT gemacht. Jetzt zu fragen, warum er das gemacht hat, macht keinen mehr lebendig. Ob er eine Geliebte hatte. Ob sie einen Geliebten hatte. Ob sie Geldsorgen hatten. Ob sie krank waren. Was macht das jetzt noch für einen Unterschied? Die Toten soll man IN FRIEDEN RUHEN lassen, genauso wie man die Vergangenheit ruhen lassen soll. Da heißt es immer, die Städter seien so modern, so zukunftsorientiert. Und dann wühlen sie in der Vergangenheit herum, anstatt sich um ihre eigene Großmutterzukunft zu kümmern.

## 29.10. Wie alle über die Großcousine reden

Ich gehe ins Geschäft, um Mehl, Semmelbrösel und Leberkäse zu kaufen. Bei der Wurst stehen die Frau Hacker, die Frau Wimmer und die Frau Stadler. Sie schimpfen über die Großcousine.

Macht alle wahnsinnig mit ihrer Fragerei.
Was die das angeht, möchte ich wissen.
Von mir wollte sie wissen, ob ich eine Affäre mit dem Alten gehabt habe.
Kein Respekt vor den Toten.
Ich habe gesagt, der hat keine von uns auch nur angeschaut.
Die soll schauen, dass sie wegkommt von da.
War sie bei euch auch schon, Toni?

Ich nicke. Pass auf, was du der erzählt, sonst landest du noch in ihrem Buch.

## 29.11. Wie mir die Großcousine einen Vorschlag macht

Auf dem Heimweg passt mich die Großcousine ab. Sie will mich in das Wartehäuschen bei der Bushaltestelle locken.

Toni, ich schlage dir was vor.
Ich habe keine Zeit.

Ich gehe weiter. Die Großcousine ruft mir hinterher. Ich kann dir mit der Moni helfen! Ich gehe zurück.

Wie willst du mir mit der Moni helfen?
Indem ich ihr sage, dass ich es bereue, in die Stadt gegangen zu sein.
Bereust du es?
Natürlich nicht.
Und was willst du dafür von mir?
Worüber haben deine Mama und deine Oma gestritten?

Ich überlege, ob ich sagen soll, was ich gehört habe oder nicht.

## 29.12. Zwischenbemerkung

Endlich schlägt die Großcousine etwas Vernünftiges vor. Vielleicht wird ja doch noch einmal eine Frau zum Heiraten aus ihr.[33]

---

33 Liebe Petra, wie schön wäre eine Doppelhochzeit am Ende des Romans! Bleib da bitte dran, vielleicht können wir so den Roman noch retten. Ich bestelle schon einmal das Aufgebot für zwei Trachtenhochzeiten. Und sag der Frau Schriftstellerin, dass sie wegen der Spesen nicht wieder selbst mit dem Verlag verhandeln soll. LG Tanja
Liebe Tanja, die Großcousine wird nicht heiraten. Ich müsste sie anders charakterisieren und ihre Figurenbiografie komplett neu schreiben. Außerdem muss ich mich um Moni kümmern. Sie hat ohne mein Einverständnis Bewerbungsschreiben verschickt. LG Petra
Liebe Petra, das mit Moni musst du hinbekommen, egal wie. Es sind schon zehntausend Bücher verkauft, wir können keine Rückholaktion starten, nur weil das versprochene glückliche Ende nicht enthalten ist, weißt du, was das kosten würde. Um die Großcousine kümmere ich mich. Ich habe schon eine Kontaktanzeige aufgegeben. LG Tanja
Liebe Tanja, du hast was? LG Petra
Liebe Petra, Wendepunkte und Überraschungsmomente sind essentiell in einem Roman und daran mangelt es bisher leider. Hier der Text des Inserats: *Wollten Sie immer schon einmal eine romantische Doppelhochzeit in einem Heimatroman feiern? Das ist Ihre Chance! Hübsches Stadtmädchen,*

Wo waren wir jetzt? Immer diese Auseinandersetzungen zwischen Petra Piuk und der Lektorin, aber da mische ich mich nicht ein. Wenn Sie Petra Piuk jetzt sehen könnten, wie Sie schmollt. Ich muss gestehen, ich kann mir ein Grinsen nicht verkneifen. Na klar, schenk dir noch einen Schnaps ein, anstatt weiterzuschreiben, wir haben ja keinen Stress wegen des Abgabetermins.[34]

Ich weiß gar nicht, was Petra Piuk gegen die Idee hat. Fesch soll er auch noch sein. Braune Haare, Vollbart, Knickerbocker. Der würde der Großcousine bestimmt gefallen. Aber hier spinnen gerade alle. Toni entscheidet sich, der Großcousine nichts vom Familienstreit zu erzählen, was ja lobenswert ist, jedoch nicht zielführend, was unser glückliches Ende angeht. Und anstatt ein ernstes Wort mit ihm zu reden, macht die eingeschnappte Petra Piuk alles noch schlimmer. Sie hat Moni über ihre Kontakte in der Stadt ein Bewerbungsgespräch vermittelt und das schon übermorgen. Wo soll das alles noch hinführen, frage ich Sie! Wir sammeln uns wieder alle und denken in Ruhe über einen Schlachtplan

---

*das noch darauf wartet, von einem kernigen Landburschen gezähmt zu werden, freut sich auf Bewerbungen von einem Original-Schöngrabener oder Schöngrabener-Ehrenbürger. Ernst gemeinte Zuschriften (mit Foto) an den Verlag. Kennwort: Doppelhochzeit.* Na, was sagst du? Das wird ein sensationelles Heimatromanfinale, mit dem keiner rechnen wird. LG Tanja

34 Liebe Petra, hast du meine letzte E-Mail gelesen? Die ersten vielversprechenden Zuschriften sind eingetroffen. Der schaut doch ganz passabel aus: Sebastian, 37, stolzer Ehrenbürger von Schöngraben, Holzfäller, Schuhplattler und Radio-Schlagerglück-Hörer. LG Tanja

nach.[35] Hören wir in der Zwischenzeit das Lied, das Moni seit der „guten" Nachricht unentwegt trällert. Alle Dorfbewohner halten sich schon die Ohren zu und sogar ihre Katze läuft fauchend davon, sehen Sie die Katze davonlaufen? Richtig, sehr geschätzte und aufmerksame Leser, Monis Katze ist ja von einem Unbekannten auf der Landstraße überfahren worden. Würde die Katze aber noch leben, würde sie davonlaufen, DARAUF KÖNNEN SIE GIFT NEHMEN.

## 29.13. Das Lied, das Moni singt

Ich habe diese Landluft satt,
will endlich in die große Stadt.
Toni, ich gehe fort.

---

35 Liebe Petra, stimmen die Gerüchte, die unter den DorfbewohnerInnen kursieren? Du sabotierst das glückliche Ende? LG Tanja
Liebe Tanja, das mit dem Bewerbungsgespräch für Moni war EINE SCHNAPSIDEE. Vielleicht habe ich im Rausch überreagiert, aber immer kriegen alle ein glückliches Ende. Die Sennerin von St. Kathrein kriegt eines, die Liesl vom Silberwald kriegt eines, die Moni von Schöngraben an der Rauscher soll eines kriegen, sogar die Großcousine aus der Stadt soll jetzt eines kriegen, nur ich kriege nie eines. LG Petra
Liebe Petra, die Heimatfilme hätten dich inspirieren und nicht noch mehr deprimieren sollen. Vielleicht solltest du dich ein wenig vom SCHLAGERFIEBER erholen, bevor es noch mehr steigt. Ich höre dich ja bis hierher *Hello Again, ich sag einfach Hello Again* heulen. Wie auch immer: Bring das Schlamassel in Ordnung und arbeite an Tonis und Monis Hochzeit. LG Tanja
Liebe Tanja, ich will aber auch ein glückliches Ende! LG Petra
Liebe Petra, du wirst dein glückliches Ende bekommen, wenn du endlich den Roman fertig schreibst: *Toni und Moni* steht auf der Shortlist des Österreichischen und Deutschen Buchpreises (ich habe vorab ein PDF geschickt, mit dem Hinweis, dass das Ende nachgereicht wird). Ob mit einer Hochzeit oder einer Doppelhochzeit diskutieren wir noch. LG Tanja
PS: Abgabetermin ist in zwei Wochen.

## 29.14. Wie mir die Moni von der geplanten Reise erzählt

Ich liege im Bett und schaue einen Hansi-Hinterseer-Film. Es klopft an der Tür. Ich setze mich auf und schalte schnell zum Autorennen um. Die Moni kommt in mein Zimmer. Sie setzt sich zu mir. Geht's dir schon besser? Sie glaubt, dass ich wegen der Großeltern traurig bin. Ich lasse sie in dem Glauben, weil sie sich dann um mich kümmert und schüttle langsam den Kopf. Ach, Toni. Sie drückt mich an sich. Ich vergrabe mein Gesicht in ihrem Busen. Sie streicht über meinen Kopf und sagt: Ich habe ein Vorstellungsgespräch. Ich sehe sie an.

Im Frisiersalon Hilde?
Nein, Toni. In einem Fotofachgeschäft in der Stadt.
Aber die Hilde sucht ein Lehrmädchen.
Toni, ich will die Welt sehen.

Sie beginnt zu singen und ihre Augen strahlen dabei wie bei unserer Hochzeit auf dem Dachboden. Einmal um die ganze Welt und – Ich unterbreche sie.

Wir wollten heiraten, Moni.
Toni, wir waren Kinder!
Als du mich geküsst hast, waren wir keine Kinder mehr.
Das war eine besoffene Geschichte.
Für mich nicht.
Ich weiß, Toni, es tut mir leid. Du bist ein toller Bursche, du wirst die Richtige finden.

## 29.15. Zwischenbemerkung

Die Richtige bist doch du, Moni! Sieh das doch endlich ein. Wozu die Welt sehen, wo doch jeder weiß: Deine Welt sind die Berge! Daheim ist daheim, wenn du nicht fortmusst, so bleibe hier, weil zu Hause wartet die Liebe, glaube mir. ~~So ein Schwachsinn! Keiner wartet zu Hause auf dich! Während du auf Lesereise bist, vögelt dein Freund deine Pilateslehrerin, der er wie dir die wahre Liebe nur vorgaukelt. In Wirklichkeit hat Toni nie vor, dich zum Standesamt zu führen, Moni. In Wirklichkeit will er genauso wie alle anderen nur Nicht-Beziehungen ohne Verpflichtungen eingehen und seinen Samen ausschließlich in deinen Mund gießen, wo auch ja nichts sprießen kann, was nicht sprießen soll, höchstens ein Herpesbläschen, nur kein Kind, und ich sage nichts, weil die Gefühle haben Schweigepflicht, was ich für dich fühle, zeig ich nicht, aber das ist eine persönliche Geschichte von mir, und ich höre schon die Lektorin: Autorinnenstimme! Und dann streicht sie wieder alles durch, aber sei gewarnt, Moni.~~[36]
~~Was bleibt mir im Moment anderes übrig, als eine Flasche Wein nach der anderen zu leeren. Alles Mögliche habe ich versucht, um in eine Happy End-Stimmung zu kommen. Ich wollte mich mit Männern von Singlebörsen treffen, habe aber mein Konto gelöscht, nachdem ich ein Supermatch mit Francesco hatte, und wissen Sie, wieso? Weil ich nicht~~

---

36 Liebe Petra, selbstverständlich habe ich dein wirres Gerede gestrichen, du hast es selbst gesagt: Autorinnenstimme. Sag, hast du getrunken? LG Tanja

~~mehr an Online-Dates glaube. Seit ich Radio Schlagerglück höre, glaube ich an Wunder, weil Wunder gibt es immer wieder, heute oder morgen können sie geschehen, was rede ich da, ich glaube nicht an Wunder, aber ich kann nicht mehr aufhören zu singen, dich zu lieben, dich berühren, mein Verlangen, dich zu spüren, an sie zu glauben, wo ich noch nie an Wunder und die Liebe geglaubt habe, ich wünsch mir Liebe ohne Leiden, und eine Hand, die meine hält, ich wünsch mir Liebe ohne Leiden, und dass mir nie die Hoffnung, vergessen Sie, was ich gesagt habe, die ewige Liebe gibt es nicht, den Absatz wird meine Lektorin sowieso streichen, mich würde ja in der Literaturbranche keiner mehr ernst nehmen, so etwas habe ich nie geschrieben.~~[37]

~~Ich schreibe überhaupt nichts mehr, nie wieder, was weiß ich schon von der Liebe und vom Romanschreiben, irgendwann wird jemand dahinterkommen, dass ich fürs Schreiben nicht geeignet bin, genauso wie ich für die Liebe nicht geeignet bin, ich sagte, Rocky ich habe noch niemals geliebt, ich weiß nicht, ob ich das bringe –.~~[38]

~~Habt mich doch alle gern. Ich scheiß auf alles. Die Liebe und den Roman. Schreibt euch doch selbst~~

37 Liebe Petra, ja, ich habe auch diesen Absatz gestrichen. Ich mache mir ernsthafte Sorgen wegen des Romans. Wenn es erforderlich ist, können wir gerne über deine privaten Probleme reden. Aber bitte persönlich per E-Mail und nicht coram publico. LG Tanja

38 Liebe Petra, das klingt nach mehr als einer trivialen Schreibblockade. Ich habe den Eindruck, dass du irgendwo zwischen Realität und Schlagerwelt feststeckst. Reiß dich zusammen und rede vernünftig mit mir. Du musst das mit dem Ende hinbekommen. Ich lass mir die Aussicht auf die Entdeckung eines Jahrhundertromans nicht durch deinen Liebeskummer zunichtemachen. LG Tanja

~~euer glückliches Ende! Ich gehe auf Reisen und wenn Moni mit ihrer Lehre fertig ist, nehme ich sie mit und wir reisen gemeinsam einmal um die ganze Welt und ...~~[39]

## 29.16. Zwischen den Zeilen

Liebe Dorfbewohner, was sagt ihr dazu? Wollen wir der Frau Tanja helfen? Wo sind wir überhaupt, hier fliegen überall Buchstaben herum. Wir sind in einer sogenannten Metaebene. Irgendwie unheimlich hier. Und wo ist sie, die Frau Schriftstellerin? Wir müssen sie zwischen den Zeilen suchen. Aber hat

---

39 Sehr geehrter Herr Bürgermeister von Schöngraben, wir haben einen Notfall. Die Romanautorin Petra Piuk befindet sich in einer Schreibkrise, vielmehr in einer Lebenskrise. Sie kann zwischen Realität und Fiktion nicht mehr unterscheiden und plant gemeinsam mit Moni auf Reisen zu gehen, was eine Katastrophe für den Heimatroman wäre. Ich denke, wir können ohne Petra Piuk auskommen, die Zusammenarbeit mit ihr war ohnehin ein Desaster, aber nicht ohne Moni. Daher brauchen wir die Hilfe der Frau Schriftstellerin, deren Adresse allerdings nicht im örtlichen Telefonbuch steht. Ich bitte Sie, mit ihr zu reden. Sie soll dafür sorgen, dass Moni in Schöngraben bleibt und soll alles dafür tun, dass diese Hochzeit endlich stattfindet. Sie ist mittlerweile so in der Schriftstellerinnenrolle aufgegangen, da sollte es für sie kein Problem darstellen, ihren Text selbst zu verfassen. Mit freundlichen Grüßen, Tanja
Sehr geehrte Frau Tanja, ich werde mich mit den Dorfbewohnern beraten und gegebenenfalls mit der Großcousine reden. Mit freundlichen Grüßen, Ihr Bürgermeister Josef Schwaighuber
Sehr geehrter Herr Bürgermeister, vielen Dank. Aber Sie sollen nicht mit der Großcousine reden, ich weiß, es ist verwirrend, weil auch die Großcousine einen Heimatroman schreibt (Heimatromane liegen derzeit im Trend), sondern mit der Frau Schriftstellerin. Sie finden sie nicht im Dorf, sondern in der Metaebene des Romans. Mit freundlichen Grüßen, Tanja
Sehr geehrte Frau Tanja, ich verstehe. Wo ist diese Metaebene? Mit freundlichen Grüßen, Ihr Bürgermeister Josef Schwaighuber
Sehr geehrter Herr Bürgermeister, zwischen den Zeilen! Mit freundlichen Grüßen, Tanja

es nicht geheißen, sie soll verschwinden? Nicht die Frau Schriftstellerin, die Großcousine! Die Großcousine soll schauen, dass sie weiterkommt, und die Frau Schriftstellerin soll den Heimatroman fertig schreiben, weil eine gewisse Petra Piuk mit Moni auf Reisen gehen will. Mit meiner Tochter? Sicher nicht! Wie oft soll ich es noch sagen, die Moni gehört nach Schöngraben, ob sie will oder nicht, wo ist sie, diese Petra Piuk? Steck die Waffe ein, Walter, die braucht uns nicht mehr zu kümmern. Wir sollen die Frau Schriftstellerin überreden, das glückliche Ende herbeizuschreiben, bevor alles in einer Tragödie endet. Zeit wird es! Wir sind schon auf Seite 151, wie viele Seiten will sie den Lesern noch zumuten! Eine Frage habe ich noch, Bürgermeister. Was ist, Friedl? Halt mich für blöd, aber sind die Frau Schriftstellerin, die Großcousine und diese Petra Piuk nicht ein und dieselbe Person? Nein, sind sie nicht. Petra Piuk ist schon längst außer Landes, also nimm die Waffe runter, Walter. Die Frau Schriftstellerin ist die Gute, weil sie einen schönen Heimatroman schreibt und Schöngraben berühmt machen wird. Die Großcousine ist die Böse, weil sie keinen schönen Heimatroman schreibt. Und was, wenn die Großcousine gar nicht so böse ist? Immerhin war sie am Sonntag im Gottesdienst. Auf den Platz von der alten Reinbacher hat sie sich gesetzt. Die ist eh gleich los auf sie mit dem Stock. So wie es sich gehört! Na gut, woher soll eine Fremde auch wissen, dass die alte Reinbacher immer da sitzt. Dann muss sie sich das nächste Mal besser informieren. Außerdem war sie nur in der Kirche, um uns auszukundschaften, habt ihr nicht gehört, wie ihr Aufnahmegerät während der Predigt das Gelalle der besoffenen Stammtischrunde vom Vorabend abgespielt hat? Waren nicht wir die besoffene Stammtischrunde? Darum geht es jetzt nicht, Sepp, die nimmt alles auf. Und dann VERDREHT SIE UNS DIE WORTE IM MUND. Pssst. Jeden Augenblick kann sie hinter einem Buchstaben auftauchen. Trauen wir ihr oder trauen wir ihr nicht? Ich traue diesen ganzen Künstlermenschen nicht. Lehn die Mistgabel wieder an das N, Huber-Bauer! Ich weiß nicht, ich habe auch ein ungutes Gefühl. Sepp, häng das Gewehr zurück auf das T. Irgendwas hat es da doch. Ich glaube auch. Runter mit den Fackeln, Männer, die Buchseiten können jederzeit Feuer fangen. Uns doch egal! Soll das Buch brennen! Genau! Brennen wir es nieder! Was ist mit dir, Bürgermeister. Auf welcher Seite stehst du? Auf Seite 152 wie ihr. Schaut, wie die Leser gemeinschaftlich hinunterblicken, um zu überprüfen, ob wir tatsächlich auf der Seite 152 stehen. Richtig so! VERTRAUEN IST GUT, KONTROLLE IST BESSER! Die Leser sind eben auf unserer Seite. Im Gegensatz zur Frau Schriftstellerin, die sich weder auf Seite 151 noch auf Seite 152 blicken lassen hat. Ihr habt recht, Männer, das mit dem glücklichen Ende dauert schon viel zu lange. IN GOTTES NAMEN, gebt schon her eine Fackel, lassen wir es brennen. Wir sind das Volk! Wir! Wir! Wir! Halt! Nicht! Selbstverständlich stehe ich auf Ihrer Seite! Die Frau Schriftstellerin! Hören Sie mir zu, bevor Sie den schönen Heimatroman anzünden. Wir trauen Ihnen nicht mehr, wer sagt, dass Sie uns nicht die ganze Zeit anlügen? Dass Sie mit der

Großcousine UNTER EINER DECKE stecken? Eine reizvolle Vorstellung übrigens. Karli, gib die Hand aus der Hose! Männer, ich habe Ihnen eine Hochzeit am Ende versprochen und die kriegen Sie auch. Der Verlag hat bereits die Einladungen drucken lassen, er wartet nur auf mein OK und dann flattern sie in eure Briefkästen. Hmmm ... Hochzeiten sind immer ein Ereignis. Gratis fressen und saufen! Der denkt schon wieder ans Saufen, der Friedl. Woran denn sonst, Bürgermeister. Ich denke an unsere Zukunft, ein Heimatroman über unser schönes Schöngraben würde uns Urlaubsgäste bringen. Herr Bürgermeister, ich verspreche Ihnen: Die Romanschauplatztouristen werden in Bussen anreisen. Hmmm, wenn das so ist ... Löscht die Fackeln, Männer! Wir geben der Frau Schriftstellerin noch eine Chance. Die Frau Tanja hat geschrieben, dass Sie Ihren Text selbst schreiben müssen, kriegen Sie das hin? Ich weiß, was sie geschrieben hat, ich bin die allwissende Erzählerin, und ich weiß auch, dass es schon bald ein glückliches Ende geben wird, jetzt wo wir Petra Piuk los sind. Hast du das gesehen, Bürgermeister, sie hat den Lesern zugezwinkert! Das ist eine Verschwörung, sag ich euch! Aber nein, Sepp, ihr ist nur ein I-Punkt ins Auge geflogen. WER'S GLAUBT, WIRD SELIG. Schauen wir, dass wir aus dem Buch rauskommen und gehen wir zum Frühschoppen, lassen wir die Frau Schriftstellerin weiterschreiben, wir kommen zum glücklichen Ende wieder. Und wenn es keines gibt? Dann GNADE IHR GOTT!

# 30. Eine schöne Tradition (Teil 4)

## 30.1. Vorbemerkung

Wir erzählen Ihnen – wie in Kapitel 8 angekündigt – eine Hochzeitsgeschichte zwischendurch. Erstens wollen wir Ihnen einen Vorgeschmack auf das glückliche Ende geben. Zweitens kann in einem Heimatroman nicht oft genug geheiratet werden. Und drittens wollen wir auch Ihnen daheim Anregungen für ein gelungenes Hochzeitsfest geben. Ein Heimatroman mit einem Mehrwert sozusagen, wo bekommen Sie so etwas schon? Nur bei uns, in Schöngraben an der Rauscher.

## 30.2. Eine Hochzeitsgeschichte zwischendurch

Der Bürgermeistersohn (Stefan) heiratet die Mastbetrieb-Erbin (Lisa) und das ganze Dorf ist eingeladen. Nach der kirchlichen Trauung geht's zum Kirchenwirt. Die Tische in U-Form. Weingläser. Stoffservietten. Menükarten. Blumenschmuck. Namensschilder. Es werden Fleischberge verdrückt und Torten mit Schlagobers in Münder gestopft. Es wird Wein und Schnaps hinuntergeschüttet und beim Herumgestikulieren verschüttet. Es wird vor lauter Lachen dem Gegenüber ins Gesicht gespuckt. Andi und Xandi vom Alpenrosen-Duo sorgen für Stimmung. Sie spielen Volkstümliches und beliebte Schlager. Er gehört zu mir, wie die blauen Flecken von der Tür, und ich weiß, er bleibt hier. Es wird getanzt und geschunkelt und gegrabscht. Zwischendurch gibt der Xandi Witze und Trinksprüche zum Besten, dabei muss zum Trinken hier keiner mehr angeregt werden. Er berichtet von lustigen Erlebnissen, die er angeblich mit dem Brautpaar hatte: Da habe ich zum Bräutigam gesagt, du kannst kochen, du kannst bügeln, du kannst putzen, ja sag mir einmal, wozu brauchst du dann eine Frau! Es wird geklatscht und geschwitzt und in das Dahlienbeet vor dem Wirtshaus gekotzt. Aber dieses heitere Geschehen ist bloß der Rahmen für die Hochzeitstänze und Hochzeitsspiele, auf die sich immer alle besonders freuen.

## 30.3. Anregungen für ein gelungenes Hochzeitsfest

### 30.3.1. Eine Party-Polonaise

Wenn die Hochzeitsmusiker zur Polonaise aufrufen, springen sogleich alle Gäste auf und bilden eine lange Schlange. Wir greifen dem Vordermann auf sein verschwitztes Hemd, das ihm seitlich aus der Anzughose hängt, oder auf die Brüste der Vorderfrau, die kurz aufkreischt, es insgeheim aber genießt, dass endlich einer ordentlich zupackt. Und schon geht's los. Mit ganz großen Schritten. Durch den Saal. Am Tortenbuffet vorbei. Über die Sessel. Unter den Tischen durch. Ein schneller Griff unter den Rock. Ist das ein Spaß! Der Gisela verrinnt das Make-up im Gesicht vor lauter schweißtreibendem Spaß. Dem Bürgermeister reißt die Hose am Hintern auf, aber

Hauptsache, die Schlange reißt nicht ab. Der Tankstellen-Karli furzt der Gabi vor lauter Anstrengung ins Gesicht und die Gabi brunzt sich an vor Lachen. Ja, alle lachen, weil es auch wirklich ein Vergnügen ist. Und noch eine Runde und noch eine. Was? Schon vorbei? Na geh. Aber nicht traurig sein, wir machen ja gleich mit den lustigen Hochzeitsspielen weiter.

### 30.3.2. Ein lustiges Hochzeitsspiel: Erkennt der Bräutigam die Braut im Dunkeln?

Ein Klassiker, der auf keiner Hochzeit fehlen darf! Der Trauzeuge des Bräutigams nimmt das Mikrofon der Hochzeitsmusiker und grölt: Wir wollen einmal überprüfen, ob der Bräutigam seine Braut im Dunkeln erkennt. Und weil dieses lustige Spiel so beliebt ist, schreien alle vor Freude. Die eifrigen Männer stellen zehn Stühle in der Mitte des Saals auf. Dem Bräutigam werden mit der Krawatte die Augen verbunden. Ein kurzer Test. Er sieht wirklich nichts. Die Mädchen und Frauen melden sich freiwillig und wenn sie sich nicht freiwillig melden, werden sie ZU IHREM GLÜCK GEZWUNGEN. Sie werden von den Tischen weggezerrt. Schaut, sie lacht ja! Das heißt, sie will es. AUF, AUF, IHR HASEN, HÖRT IHR NICHT DEN JÄGER BLASEN! Da steigen sie also auf die Stühle. Die Frauen, die alten und die jungen, die Lisa, die Gabi, die Gisela, die Waidinger Dorli, die Rescher Angela, die Frau Wimmer, die Franzi, die Hilde, die Fini-Tant, die Moni auch, warum nicht eine Minderjährige daruntermischen, mal schauen, ob der Bräutigam darauf hereinfällt. Auf Befehl des Trauzeugen heben die Frauen ihre Kleider in die Höhe. Ein Beifall bitteschön. Sie würden ja selbst klatschen, die Frauen, so einen Spaß haben sie an dem Spiel, aber sie haben keine Hände frei. Wir sehen Strümpfe und Strumpfbänder und Spitzenhöschen. Der Bräutigam wird vom Trauzeugen zur ersten Frau (Gabi) geführt. Er streckt seine Hände aus und tastet sich vor. Tastet sich mit seinen schwitzenden Händen die Schenkel entlang. Schleckt sich mit der Zunge über die Lippen. Er schiebt das Höschen zur Seite. Wuzelt die Schamhaare zwischen seinen Fingern. Steckt einen oder zwei Finger in die Frau hinein, oder gleich die ganze Faust, je nachdem wie groß das Frauenloch ist, das er vor sich hat (in dem Fall vier Finger breit). Die Frau stöhnt dabei vor Erquickung still in sich hinein, sie darf keinen Mucks machen, sonst erkennt der Bräutigam seine Braut an der Stimme, was nicht Sinn des Spiels ist. So tastet er sich von einer Frau zur anderen, eine Hand schon in der eigenen Hose. Nachdem er alle Frauenkörper durchhat, riecht er an seinen Fingern und überlegt. Vergleicht noch einmal Nummer Drei und Nummer Sieben und zur Sicherheit auch noch einmal die Nummer Acht, weil die gar so ein enges Loch hat unter der Baumwollunterhose, dass ihm vor lauter Freude der Sabber übers Kinn rinnt, entscheidet sich aber für die Nummer Sieben. Er reißt sich die Krawatte vom Kopf – und tatsächlich! Vor ihm steht die Braut, die sich freut, und ihm steht der Schwanz, stramm und stets zu Diensten, den er seiner Bediensteten, wie man zur Ehefrau auch sagen kann, draußen hinter der Rosenhecke hineinrammt, DASS IHR HÖREN UND SEHEN VERGEHT und der Glaube an die Liebe. Auch wenn sie nicht mehr an die Liebe glaubt, wird sie in Zukunft DRAN GLAUBEN MÜSSEN. Wir klatschen und freuen uns, dass der Bräutigam seine Braut im Dunkeln erkennt.

### 30.3.3. Eine Brautentführung

Die Brautentführung versinnbildlicht die Loslösung der Braut vom Elternhaus und den Übergang in einen neuen Lebensabschnitt. Ab jetzt hat die Braut nicht mehr die Meinung ihres Vaters zu vertreten, sondern die Meinung ihres Gatten. Sie wird in Zukunft nicht mehr das Lieblingsessen ihres Vaters kochen, sondern das Lieblingsessen ihres Gatten. Und bei den Wahlen wird sie (solange es das Frauenwahlrecht noch gibt) nicht mehr die Partei wählen, die ihr Vater wählt, sondern die Partei, die ihr Gatte wählt. Die Braut wird von ein paar Männern ins Auto gezerrt. Sie lässt sich das lachend gefallen, denn sie kennt die Spielregeln. Unser Führerscheinneuling Toni sitzt am Steuer. Mit Vollgas fährt er ins Nachbardorf. Eine Polizeikontrolle hat er nicht zu befürchten, weil der Moni-Vater sein Polizeiauto für den Spaß zur Verfügung gestellt hat und gemeinsam mit dem Tankstellen-Karli die Braut auf der Rückbank bedrängt. Im Nachbardorf angekommen, stürmen die Männer mit der Entführten das Gasthaus und bestellen eine Runde Obstler nach der anderen. Der Bräutigam lässt sich mit der Brautsuche Zeit, die Braut gehört ihm sowieso schon, und überprüft, ob die Brautjungfern tatsächlich noch Jungfern sind. Irgendwann muss er sich aber von der Jugend losreißen und ins Nachbardorf reisen. Mit Verstärkung rückt er an, um seine Anvertraute auszulösen. Er muss die Zeche übernehmen, da bleibt ihm gar nichts anderes übrig. Er muss ein Lied singen: Hier ist mein Mägdelein, sie wird mein eigen sein. Und er muss den Büstenhalter von der Kellnerin Ulrike gegen die Seinige eintauschen. Da wischt er sich wieder den Sabber vom Kinn und spielt Fangen mit der kichernden Ulrike. Er packt sie von hinten. Reißt ihr die Bluse auf und den Büstenhalter herunter, beißt wie ein wildgewordenes Tier in ihre Brustwarzen, fletscht die Zähne und präsentiert stolz seine Beute, die er nun gegen die Braut eintauschen muss, was ihm sichtlich schwerfällt. Aber auch da bleibt ihm gar nichts anderes übrig. Endlich ist das glückliche Paar wieder vereint. Gemeinsam rast man zurück zur Hochzeitsgesellschaft, die das Paar schon mit weiteren lustigen Spielen empfängt.

## 30.4. Schlussbemerkung

Es müssen auf der Hochzeit noch allerhand Fragen spielend geklärt werden: Wer wird in der Ehe die Hosen anhaben? Wie viele Kinder werden die beiden bekommen? Wie gut kennen sie sich im Bett? Es gibt eine Menge Spiele, um diese und andere Fragen zu klären, aber das hier ist kein Hochzeitsratgeber, sondern ein Heimatroman, und daher denken wir, dass wir genügend Anregungen für ein gelungenes Hochzeitsfest geliefert haben und auch unsere widerspenstige Moni Lust aufs Heiraten bekommen hat, anstatt von ihrer Freiheit zu träumen.

## 31. Eine Freiheit

### 31.1. Vorbemerkung

Eine Freiheit ist ein wichtiger Bestandteil eines Heimatromans. Weil der Begriff häufig zu Missverständnissen führt, sagen wir Ihnen, welche Freiheit wir meinen und welche nicht.

### 31.2. Die Freiheit, die wir meinen

Auf einen Berg gehen und einen Weitblick haben (was die Aussicht, nicht, was das Denken betrifft). Das freie Bewegen innerhalb von Mauern. Die Münchner Freiheit, wenn sie singt: Tausendmal du. Die Befreiung einer Frau vom Dirndlbüstenhalter.

### 31.3. Die Freiheit, die wir nicht meinen

Eine Freiheit, die sich die jungen Frauen nehmen, wenn sie sich einbilden, das Dorf verlassen zu müssen, um eine Karriere zu machen. Eine grenzenlose Freiheit. Eine Meinungsfreiheit. Eine Pressefreiheit. Eine künstlerische Freiheit.

# 32. Ein Kampf um die Liebe (Teil 3)

## 32.1. Vorbemerkung

Nach den Hochzeitsfeierlichkeiten ist Toni mehr denn je entschlossen, für unser glückliches Ende zu kämpfen. Und weil Moni dank der ehemaligen Romanautorin (falls du das liest, Petra Piuk, vielen Dank für das Durcheinander, das du hinterlassen hast!) schon morgen das Bewerbungsgespräch in der Stadt hat, muss es schnell gehen. Daher bitten wir Sie, verehrte Leser, die nächsten Seiten nicht langsam zu lesen, sonst ist alles vorbei und Moni noch vor dem glücklichen Ende mit Petra Piuk auf Reisen.

## 32.2. Wie ich alles für die Liebe tue (Teil 1)

Ich schreibe der Moni einen Liebesbrief.

Liebe Moni,
ich bitte dich von ganzem Herzen: Bleib bei mir. Ich liebe dich doch so sehr, Moni. Was wir schon alles gemeinsam erlebt haben! Unser erster Kuss. Die Hochzeit auf dem Dachboden. Das Vater-Mutter-Kind-Spielen. Wir hatten viele schöne Erlebnisse und weniger schöne, wie die Beerdigung deiner Katze Lilli. Dennoch bin ich dir auch in dieser schwierigen Zeit beigestanden. Selbst als du mir auf die Trachtenschuhe gespien hast, konnte ich dir nicht böse sein, weil ich dich liebe. Ich weiß, dass du keine gewöhnliche Frau bist, die den ganzen Tag am Herd stehen will.

Deshalb wäre ich auch einverstanden, dass du dir nebenbei das Haushaltsgeld aufbesserst. Du könntest Hochzeitsfotografin werden bei uns im Dorf. Das ist ein schöner Beruf, den du auch zwischen deinen Mutterpflichten, Ehepflichten und Haushaltspflichten erledigen kannst. Du siehst, ich bin ein moderner Mann, der seine Frau nicht zu Hause einsperren will. Bitte bleib bei mir. Ich liebe dich für immer und ewig.
Dein Toni

## 32.3. Zwischenbemerkung

Wir haben doch gerade gesagt, es muss schnell gehen, Toni. Wer weiß, wann Moni den Brief lesen wird, womöglich erst im Bus auf dem Weg in die Stadt. Es ist normalerweise nicht meine Art, mich in den Inhalt einzumischen, aber in unserem Heimatroman herrscht der Ausnahmezustand und da gelten andere Gesetze. Soeben hat der Moni-Vater aufgrund einer möglichen Gefährdung der Traumhochzeit im Zuge einer unangekündigten Zimmerdurchsuchung den Reisepass seiner Tochter beschlagnahmt. Die Straßen, die aus dem Roman hinausführen, lasse ich sperren. Es ist nur mehr eine einzige Straße befahrbar, und zwar die Sackgasse Richtung Glückliches Ende. Ich höre einen Leser dazwischenrufen. Mehrere Leser rufen dazwischen. Sie rufen, dass das alles zu weit geht. Ha! Sie werden sich noch wundern, was alles geht! Der Notstand wurde ausgerufen! Mit sofortiger Wirkung lasse ich sämtliche Leserrechte einschränken. Kein Dazwischenrufen. Keine Leserbriefe. Keine freie Meinungsäußerung, es sei denn, sie beinhaltet ausschließlich Lob. Und jetzt wieder zu dir, Toni: Ruf die Großcousine an, sie hat doch gesagt, sie kann dir helfen. Wir dürfen nichts unversucht lassen. GOTT STEH UNS BEI.

## 32.4. Wie ich alles für die Liebe tue (Teil 2)

Ich zerreiße den Brief und rufe die Großcousine an, die vorübergehend im alten Kinderzimmer im Haus ihrer Eltern wohnt. Sie schläft noch, obwohl es schon halb acht ist. Ich sage ihr, dass sie schnell zu mir kommen soll. Nach einer Stunde ist sie da.

## 32.5. Zwischenbemerkung

Nach einer Stunde! Ich bin hinter ihr im Badezimmer gestanden und habe gerufen, beeil dich, damit ich weiterschreiben kann. Aber sie hat sich in Ruhe geduscht, eingecremt, geschminkt. Ich tauche sicher nicht mit ungewaschenen Haaren und ohne Make-up im Roman auf, hat sie gesagt. Wenigstens ist sie aufgetaucht. Ich werde aus Zeitgründen die folgenden Szenen für Sie zusammenfassen: Toni erzählt vom Streit zwischen seiner Mama und Mizzi-Oma (siehe Kapitel 25.2). Dafür verspricht die Großcousine mit Moni zu reden und ihr wie in Kapitel 29.11 vorgeschlagen die Stadtgeschichte auszureden. Während die Großcousine mit Moni spricht, schreibt Toni eine Nachricht an seine Zukünftige, um sich mit ihr am geheimen Ort zu verabreden, wo er mit einem romantischen Picknick auf sie warten will. Als sich Toni auf den Weg machen möchte, sitzt die Großcousine nach der Unterredung mit Moni in der Stube und stört die Toni-Mutter beim Bügeln. Die Großcousine stellt viele Fragen, zum Beispiel: Die Mizzi-Oma hat zu dir gesagt, dass du Toni die Wahrheit sagen sollst – was hat sie damit gemeint? Hat sie deshalb sterben müssen? Weil sie die Wahrheit sagen wollte? Was für eine Wahrheit? Und wieso wollte Poldi nicht, dass die Wahrheit ans Licht kommt? Wieso weiß Friedl nichts von dem Streit? Wieso wissen anscheinend alle was, nur Friedl und Toni nicht? Die Toni-Mutter antwortet nicht auf die Fragen. Die Großcousine reimt sich etwas zusammen und sagt Sachen wie zum Beispiel: Hast du dem Friedl den Toni untergejubelt? Natürlich! Der Friedl ist gar nicht der Vater von Toni! Ich habe mir immer schon gedacht, dass er für eine Frühgeburt zu viel Speck im Gesicht hatte. Aber wer ist der Vater? Jemand aus dem Dorf? Der Briefträger? Der Bürgermeister? Der Nachbar vielleicht? Das wäre doch der Klassiker. Aber das würde ja bedeuten, dass Toni und Moni Geschwister. Dann sagt Gabi doch etwas, nämlich, dass das alles ein vollkommener Schwachsinn ist, wovon wir ausgegangen sind. Toni nimmt den Picknickkorb und läuft zum vereinbarten Treffpunkt. Das mit dem romantischen Picknick war meine Idee. Die Dorfbewohner haben mir geholfen und den Picknickkorb mit Wein, Käse, Trauben und einem Strauß Margeriten gefüllt. In so einer Ausnahmesituation müssen wir noch mehr als sonst zusammenhalten. Siehe Kapitel 13 *Ein Wir-Gefühl.* ~~Was~~

~~wird das hier, eine Inhaltsangabe eines Romans oder ein Roman? Eine der spannendsten Szenen auf eine halbe Seite zusammenzufassen! Aus dir wird nie eine richtige Schriftstellerin werden. Und schon einmal einen Heimatroman gelesen, in dem der Held seiner Traumfrau eine Nachricht schickt? Ernsthaft? Fensterln hätte Toni können! Aber er hat ja die Nachricht schon abgeschickt und allen die romantische Stimmung versaut und ich krieg von meiner Lektorin wieder eine Mahnung, weil ich mich einmische.~~[40]

## 32.6. Heute in Ihrer Zeitung

### Romanautorin rastet aus

Nach einer Auseinandersetzung mit ihrer Lektorin verlor Petra Piuk, ehemalige Autorin des Romans *Toni und Moni oder: Anleitung zum Heimatroman*, der mit etlichen Preisen ausgezeichnet und in über dreißig Sprachen übersetzt wurde, die Beherrschung. Sie reiste von Rio de Janeiro nach Schöngraben an der Rauscher, lauerte dem Romanhelden Toni auf und schlug ihn laut Zeugenberichten brutal zusammen. Petra Piuk ist zu keiner Stellungnahme bereit. Vermutungen zufolge hat sie abermals versucht, das glückliche Ende, das ihr verwehrt bleibt, zu vereiteln. Sie wurde zu unbedingter Haft verurteilt. Sämtliche Auftritte wurden abgesagt. Nach der Vollstreckung des glücklichen Endes kann sie wieder für Lesungen aus ihrem ersten Roman gebucht werden. Wir empfehlen Ihnen zur eigenen Sicherheit, Ihre Schusswaffen zu öffentlichen Veranstaltungen mitzunehmen.

40 Liebe Petra, dir geht es anscheinend wieder besser? LG Tanja
Liebe Tanja, ich bin in Brasilien, und während ich in einer Strandbar auf Moni warte, lese ich die portugiesische Übersetzung meines Romans: Antônio e Mônica. Ich fasse es nicht, was ihr in meinem Namen publiziert. Be-

## 32.7. Ein Lied, um wieder in romantische Stimmung zu kommen (Toni singt ein Ständchen für Moni)

Schon der Gedanke,
dass ich dich einmal verlieren könnt,
dass dich ein Großstadtmensch,
einmal sein eigen nennt,
es macht mich wütend,
weil du für mich die Erfüllung bist,
was wär ein Heimatroman ohne dich.

## 32.8. Schlussbemerkung

Es ist Ihnen sicher nicht entgangen, dass vor der Störaktion von Petra Piuk von einem geheimen Ort die Rede war, an dem sich Toni und Moni in ihrer Kindheit getroffen haben, um sich Geheimnisse zu erzählen und Vater-Mutter-Kind-machen-einen-Ausflug zu spielen. Nun sind Sie wieder gefragt. Wo soll der geheime Ort der Kindheit gewesen sein?

---

vor die zweite Auflage in Druck geht, werde ich ein paar Korrekturen vornehmen. LG Petra
Liebe Petra, nein, wirst du nicht. Wir sind mit der Frau Schriftstellerin sehr zufrieden und haben sie für Folgeprojekte bereits unter Vertrag genommen. Sie versucht nicht, auf perfide Art das glückliche Ende zu konterkarieren und sie nimmt sich nicht wichtiger als ihre Figuren. Der Verlag und ich wünschen keine weitere Zusammenarbeit mit dir. Halte dich ab sofort aus dem Projekt raus. LG Tanja
PS: Dass du Moni ein Vorstellungsgespräch organisiert hast, wird ein gerichtliches Nachspiel haben.

1. am Bachufer
2. auf dem Berggipfel
3. in der Waldlichtung
4. im Maisfeld
5. auf der Blumenwiese

Schreiben Sie an den Verlag und stimmen Sie ab.[41] Wenn Sie mir einen Gefallen tun wollen, stimmen Sie für den Berggipfel, damit wir die romantische Szene in den Bergen endlich abhaken können. Vielen Dank. Das Ergebnis gibt es schon im nächsten Kapitel. Wir sind gespannt, wohin uns der Abstecher in die unberührte Natur führen wird.

# 33. Ein schönes Erlebnis in der Natur

## 33.1. Vorbemerkung

In der Heimat und im Heimatroman gibt es zahlreiche schöne Erlebnisse in der Natur. Eine Bergwanderung. Blumen pflücken auf einer Blumenwiese. Ein Reh im Wald schießen. Für welchen Schauplatz haben Sie gestimmt?

41 Anmerkung Verlag: Das Kennwort lautet *Wunschschauplatz*. Unter allen Einsendungen verlosen wir eine Einladung zur hoffentlich stattfindenden Hochzeit von Toni und Moni inklusive einem Meet & Greet mit den beiden Romanstars. Der Gewinner oder die Gewinnerin wird von uns in Fußnote 45 bekannt gegeben.

## 33.2. Wie ich mit der Moni ein schönes Erlebnis in der Natur habe

Ich warte am geheimen Ort. Die Sonne scheint. Die Vögel zwitschern. Die Blätter der Maisstauden rascheln im Wind. Ich trete ein paar Stauden nieder und breite die Picknickdecke aus. Ich denke an das, was die Großcousine vorhin gesagt hat. Ich hole einen Doppler und zwei Weingläser aus dem Korb, schenke mir ein Glas Wein ein und trinke es in einem Zug leer. Ich lege Käse und Weintrauben auf ein Brett und eine Margerite dazu. Ich trinke noch ein Glas Wein. Und noch eines. Ich nehme die Margerite und zupfe die Blütenblätter ab. Sie liebt mich, sie liebt mich nicht, sie liebt mich, sie liebt mich nicht, sie liebt mich.

## 33.3. Die schönsten Schlager auf Radio Schlagerglück

Ein Tag wie jeder, ich träum von Liebe,
doch eben nur ein Traum.
Maisstauden wohin ich schau,
Schmetterlingsgetriebe,
und auf einmal sah ich sie, sie.
Siebzehn Jahr, blondes Haar, so stand sie vor mir.

## 33.4. Wie ich mit der Moni ein schönes Erlebnis in der Natur habe (Fortsetzung)

Die Moni lächelt mich an. Ich rülpse. Sie setzt sich neben mich.

Bist du betrunken, Toni?
Nur ein Damenspitz.
Du bist doch betrunken, Toni, sorry, dass ich mich verspätet habe, aber ich habe für morgen noch ein paar Sachen vorbereiten müssen. Ist das ein Abschiedspicknick für mich? Wie lieb von dir.

## 33.5. Zwischenbemerkung

Moni, es heißt nicht sorry, sondern verzeih mir. Wir dulden hier keine Englischworte. Reiß dich zusammen! Ich bin nicht Petra Piuk, die euch alles durchgehen lässt. Ab sofort HERRSCHEN ANDERE SITTEN. Wir wiederholen den letzten Satz noch einmal und zwar auf Deutsch.

## 33.6. Wie ich mit der Moni ein schönes Erlebnis in der Natur habe (Wiederholung des Dialogs)

Bist du betrunken, Toni?
Nur ein Damenspitz.
Du bist doch betrunken, Toni, sorry, dass ich mich verspätet habe, aber ich habe für morgen noch ein

paar Sachen vorbereiten müssen. Ist das ein Abschiedspicknick für mich? Wie lieb von dir.

## 33.7. Zwischenbemerkung

Moni! Na warte. Du wirst schon noch sehen, was du von deiner bockigen Art hast. DIE KLEINEN SÜNDEN BESTRAFT DER LIEBE GOTT SOFORT. Und jetzt macht weiter, sonst kommen wir nie zu einem glücklichen Ende.

## 33.8. Wie ich mit der Moni ein schönes Erlebnis in der Natur habe (Fortsetzung)

Hat die Großcousine nicht mit dir geredet?
Doch, sie war vorhin kurz da und hat mir gesagt, dass ich sie jederzeit anrufen kann, wenn ich in der Stadt bin. Die ist so nett.

Ich schenke der Moni ein Glas Wein ein und mir nach. Der brauchst du nichts glauben, die lügt, sobald sie den Mund aufmacht. Ich trinke mein Glas leer und schenke mir erneut nach. Vorhin hat sie behauptet, dass der Papa gar nicht mein – Ich schlucke.

Was hat sie behauptet?
Ach nichts, bleib bitte da, Moni.
Ich kann nicht, Toni, ich ersticke in dem Kaff.

Ich frage mich, wie sie bei der guten Landluft ersticken will und möchte sie über die Feinstaubwerte in der Stadt aufklären, aber sie sagt zuerst was.

Toni.
Ja?
Ich glaub, ich weiß, was die Großcousine gesagt hat, im Dorf tuscheln sie seit dem Begräbnis.

Ich trinke mein Glas in einem Zug leer.

Sag, dass das nicht wahr ist, Moni.
Ich weiß es nicht, ach komm her.
Sag, dass das nicht wahr ist!

Die Moni umarmt mich von hinten. Sie küsst meine Wange. Mein Spatz wird zum Schlagstock. Ich drehe mich zu ihr und schiebe meine Zunge in ihren Mund. Sie will mich wegdrücken, aber ich halte sie fest. Ich greife auf ihre Brüste. Sie wehrt sich, stößt mich von sich und springt auf. So nicht, Toni. Sie verschwindet im Maisfeld. Ich nehme einen großen Schluck Wein aus der Flasche und laufe ihr hinterher. Moni läuft schneller und während sie läuft, dreht sie sich zu mir um und ruft mir zu: Ich weiß, dass du unter Schock stehst, aber das heißt noch lange nicht, dass du dir alles erlauben kannst. Ich hetze ihr nach: Stehst du denn nicht unter Schock? Sie bleibt stehen. Wieso sollte ich –

## 33.9. Ein Kreuzworträtsel

Wir unterbrechen Moni an dieser Stelle. Damit unsere UNSCHULD VOM LAND das Unaussprechliche nicht aussprechen muss, verpacken wir den Halbsatz, den sie sagen wollte, in ein Kreuzworträtsel. So muss keiner laut sagen, was man nicht laut sagt, und Sie können sich an einem Rätsel erfreuen.

| | | | 3. Verb sein (Präs. Sing. Indikativ) | | |
|---|---|---|---|---|---|
| 1. Possessiv-Pronomen | | | | | 2. Ahne |
| | | | | | |
| 7. Familien-Oberhaupt | | | | | |
| | | | | | |
| | 6. Possessiv-Pronomen | | | | |
| | | | | | |
| | | | | | |
| | | | 4. Partikel | | |
| 5. Adverb | | | | | |
| | | | | | |
| | | | | | |

Auflösung:
1. MEIN 2. GROSSVATER 3. IST 4. JA 5. NICHT 6. MEIN
7. VATER

## 33.10. Wie ich mit der Moni ein schönes Erlebnis in der Natur habe (Fortsetzung)

Ich starre die Moni an. Sie starrt mich an.

Das ist das, was die Leute reden, ich dachte, du wüsstest das.
Du lügst!

Sie schüttelt langsam den Kopf. Vielleicht stimmt es ja nicht, du kennst ja die Fani-Tant, ich muss dann, mach es gut, Toni. Sie geht. Ich gehe ihr nach. Du lügst! Sie geht schneller. Sie beginnt zu laufen. Ich laufe ihr hinterher, erwische sie an der Schulter und reiße sie mit ein paar Maisstauden zu Boden. Du lügst! Sie schreit. Ich lege mich auf sie drauf. Sie schreit lauter. Hör auf! Ich halte ihr mit einer Hand den Mund zu. Mit der anderen ziehe ich meine Hose ein Stück runter. Mein Herz klopft schnell. Ich atme schwer. Die Moni schaut mich mit aufgerissenen Augen an.

## 33.11. Zwischenbemerkung

Endlich schauen sich die beiden tief in die Augen. Muss Liebe schön sein! Wir untermalen diese romantische Szene mit einem Musikmedley, das wir uns auf Radio Schlagerglück zu diesem besonderen Anlass gewünscht haben.

Das erste Mal tat's noch weh,
beim zweiten Mal nicht mehr so sehr.
Sei nicht traurig, Madam,
es fängt alles erst an.

## 33.12. Wie ich mit der Moni ein schönes Erlebnis in der Natur habe (Fortsetzung)

Die Moni will etwas sagen. Vielleicht so etwas wie: Heute ist es sehr schön hier. Man könnte beinahe glücklich sein. Sie kann aber nichts sagen, weil meine Hand noch auf ihrem Mund liegt. Ich sage: Ich liebe dich und schiebe ihren Rock in die Höhe, die Unterhose zur Seite. Die Moni will sich losreißen. Sie benimmt sich wie eine tollwütige Katze. Sie kratzt mich und beißt in meine Hand. Ich schlage ihr ins Gesicht, damit sie stillhält und sich nicht die Hände an den Maisblättern aufschneidet und wir in Ruhe Vater-und-Mutter-machen-einen-Ausflug fertig spielen können. Ich schiebe meinen Schlagstock in ihre Öffnung. Ich stoße zu. Die Moni schreit und ich singe vor Freude:

Nein heißt Ja,
wenn man lächelt so wie du,
warum willst du deinem Herz nicht trauen,
Nein heißt Ja,
wenn man flüstert so wie du,
du kannst mir ruhig in die Augen schauen.

Sie schreit noch immer. Ich lege meine Hand auf ihren Hals und drücke zu. Sag, dass du mich auch liebst, Moni. Die Moni schaut mich an. Wenn sie einen so anschaut, so sanft und zärtlich wie ein Reh, und wenn ich dann ihre Stimme höre, das ist wie eine süße einschmeichelnde Musik. Ich lockere den Griff und sie sagt: Ich liebe dich. Ich habe gewusst, dass sie mich auch liebt. Die Moni weint. Das bringt mich nicht mehr durcheinander, weil ich habe gelernt, dass es auch Freudentränen gibt. Ich spritze ihr meinen Samen in den Unterleib. Ich lege meine Stirn auf ihre Stirn. Die Moni rollt mich von sich runter. Sie zittert. Mir hat der Papa einmal gesagt, wenn ich es einer Frau richtig besorge, zittert sie am ganzen Körper. Sie steht auf, das Blut rinnt ihr die Beine hinunter. Sie richtet ihren Rock. Ihr Oberteil ist schmutzig, ein Träger ist abgerissen. Ihre Haare sind zerzaust und voller Erde. Ich frage mich, wozu ich die Picknickdecke ausgebreitet habe, wenn sie es lieber auf dem harten Ackerboden treibt.

## 33.13. Schlussbemerkung

Sie haben also für das Maisfeld gestimmt und nicht für den Berggipfel. Macht nichts. Ich bin Ihnen nicht böse. Überhaupt nicht. Nein, wirklich nicht. Sie sind der Leser und Sie können den Roman so lesen, wie Sie möchten. Aber beschweren Sie sich im Nachhinein nicht, dass die Berge auf dem Cover in der Geschichte nicht vorkommen.

# 34. Eine gerechte Welt

## 34.1. Vorbemerkung

Im Heimatroman gibt es noch eine gerechte Welt. Und für Taten, die man begeht, muss man eine gerechte Strafe erhalten.

## 34.2. Wie die Mama und die Großcousine streiten

Ich laufe ins Haus. Ich höre die Mama und die Großcousine, wie sie noch immer streiten. Ich platze in die Stube. Die Großcousine sitzt am Tisch und die Mama trocknet Gläser ab.

ALLMÄCHTIGER GOTT, wie schaust du denn aus!
Mama, ist der Poldi-Opa mein Papa?

Die Mama lässt das Glas fallen und schaut mich erschrocken an. Geh, gib her den Besen und die Schaufel! Die Großcousine grinst. Sie schaltet das Aufnahmegerät ein.

Den Besen und die Schaufel sollst hergeben, habe ich gesagt, muss ich dir schon wieder alles dreimal sagen!
Sag mir die Wahrheit, Mama.
Alles muss man selber machen in dem Haus.

Die Mama holt Besen und Schaufel und kehrt die Scherben zusammen. Sag mir die Wahrheit, Mama.

Ist der Poldi-Opa mein Papa, ja oder nein? Was redest du da, sagt die Mama, natürlich nicht. Sie wischt sich die Tränen aus dem Gesicht. Ich laufe aus der Stube hinaus und knalle die Tür hinter mir zu, weil ich weiß, dass Tränen nicht lügen. Die Mama reißt die Tür auf und ruft mir hinterher. Wo willst du hin, Toni? Bleib da, es war nur Sand in meinen Augen!

## 34.3. Die schönsten Schlager auf Radio Schlagerglück

Du hast mich tausendmal belogen.
Du hast mich tausendmal verletzt.
Ich fühl mich von dir so betrogen.
Was mach ich mit meinem Leben jetzt?

## 34.4. Wie ich mir die Pistole an den Kopf halte

Ich laufe in die Werkstatt. Ich mache die Schublade vom Werkzeugtisch auf. Ich nehme die Waffe heraus. Ich lade sie. Die Mama läuft bei der Tür herein und erschrickt. Toni! Die Großcousine bleibt im Türrahmen stehen. O MEIN GOTT! Sie sucht hinter der Mama Schutz und legt das Aufnahmegerät auf die Werkzeugbank. Die Mama wischt sich mit dem Handrücken den Rotz von der Nase.

Bitte, Toni, bring keine Schande über die Familie.
Der wird sich doch nichts antun, oder?
Gib die Waffe her, mein Sohn.

Die Mama kommt langsam auf mich zu. Die Großcousine hält sich die Hand vor den Mund. Ich halte mir den Lauf an die Schläfe. Stehen bleiben! Die Mama bleibt stehen. Sie redet weiter auf mich ein.

Toni, bitte, das ist alles nicht wahr, das ist alles nicht – Still, sei still!

Ich denke nach.

## 34.5. Zwischenbemerkung

Toni denkt erneut nach, bevor er handelt. Die Großmutter wäre stolz auf den Buben gewesen, würde sie noch leben, was sie aus schleierhaften Gründen nicht mehr tut, vermutlich war sie schwer krank und wurde vom Großvater erlöst. Der wollte ohne seine einzige und wahre Liebe nicht weiterleben und hat sich ebenfalls vom Schmerz befreit. Eine romantische Romeo-und-Julia-Geschichte auf Österreichisch.

## 34.6. Wie mir die Mama zum ersten Mal sagt, dass sie mich lieb hat

Meine Hand zittert. Der Pistolenlauf schlägt gegen meine Schläfe. Die Mama faltet die Hände wie zum Gebet. Bitte, mein Sohn! Ich nehme die Pistole von meinem Kopf und halte sie in Richtung Mama. Toni, es wird alles gut. Ich bin doch deine Mama und ich habe dich lieb, mein Sohn. Ich halte die Waffe in Richtung Großcousine. Sie reißt die Augen auf. Toni, ich habe damit nichts zu tun. Ich drehe mich wieder zur Mama. Toni, bitte, vielleicht habe ich meine Liebe nicht immer so zeigen können, aber WIR SIND DOCH EINE FAMILIE. Ich drehe mich zur Großcousine. Ich schaue zum Aufnahmegerät. Die Großcousine schaltet es ab. Ich werde keinem was sagen. Auch nicht dem Friedl, obwohl er meiner Meinung nach ein Recht darauf hätte, aber ich schwöre, ich werde nichts sagen und nichts davon für meinen Roman verwenden. Ihr werdet alle nicht vorkommen, ICH SCHWÖRE BEI GOTT. Ich ziele auf die Stirn der Großcousine. Ich drücke ab. Die Mama läuft zu mir und nimmt mich in den Arm. Ich lasse die Waffe fallen. Die Mama drückt mich und küsst mich auf die Stirn. Mein Bub! Ich lächle. Jetzt habe ich mir ihre Liebe verdient, weil EINE LIEBE MUSS MAN SICH ERST EINMAL VERDIENEN.

## 34.7. Was wir mit der Großcousine machen

Die Mama und ich starren die Großcousinenleiche an. Die Großcousinenleiche starrt zurück. Ich trete mit dem Fuß fest in ihre Rippen, um zu überprüfen, ob sie wirklich tot ist. Sie ist wirklich tot. Die Mama hat einen Plan. Toni, hol Fetzen, Mistsäcke und den neuen Messerblock, den ich zum Hochzeitstag bekommen hab. Im Küchenkasten unten neben dem Fleischwolf. Wird es bald? Pass auf, dass dich keiner sieht. Und nimm zwei Kochschürzen mit.

## 34.8. Aus dem großen Buch der Fleischküche

Ein großes Kochmesser mit langer Schnittfläche zum Schneiden und Hacken zählt zur Grundausstattung der Fleischküche, ebenso ein schmales Filetiermesser zum Entfernen von Fett, Sehnen, Knorpeln, Knochenteilen und Haut. Wer selbst Koteletts in Teile hacken sowie Knochen spalten möchte, der sollte das mit dem Hackbeil tun. Achten Sie darauf, dass die Klingen scharf sind. Stumpfe Klingen durchtrennen die Fasern nicht exakt, sondern zerreißen sie. Die Folge: Fleischsaft tritt aus, worunter Saftigkeit und Zartheit des Fleisches leiden.

## 34.9. Schlussbemerkung

In einem Heimatroman sorgt der Dorfheld dafür, dass der Bösewicht seine gerechte Strafe erhält. Mit Sicherheit hätte die Großcousine die Geschichte in ihrem Roman verbraten. Sie hat Toni bereits einmal angelogen. Und: WER EINMAL LÜGT, DEM GLAUBT MAN NICHT, AUCH WENN ER DIE WAHRHEIT SPRICHT. Das hat sich Toni gut gemerkt. Dafür wird er Romanfigur des Monats, wir gratulieren. Und falls jemand glaubt, die Großcousine hätte diese gerechte Strafe nicht verdient, möge sich noch einmal die Punkte 1 bis 10 des Kapitels 15.2 *Der Bösewicht in unserem Heimatroman* durchlesen. Bedauerlich ist nur, dass es am Ende nun doch keine Doppelhochzeit geben wird.[42]

---

42 Liebe Petra, nein, liebe Frau Schriftstellerin! Na geh! LG Tanja

# 35. Ein traditionelles Frauenbild

## 35.1. Vorbemerkung

Eines möchten wir klarstellen: Frauen sind in Heimatromanen nicht immer die Bösewichte. Meistens sind sie Nutztiere wie die Toni-Mutter. Oder Freiwild wie Moni.

## 35.2. Wie mich der Moni-Vater zur Rede stellt

Ich komme zurück in die Werkstatt. Die Mama zieht der Großcousine das schwarze Kleid und die Schuhe aus. ~~Die Großcousine trägt schwarze Spitzenunterwäsche und halterlose Seidenstrümpfe mit Samtrand.~~[43] Die Großcousine trägt eine weiße Baumwollunterhose. Die Mama und ich binden die Kochschürzen um. Die Mama nimmt das Hackbeil aus dem Messerblock. Sie hackt der Großcousine den linken Arm ab. Ich wische mir einen Blutspritzer aus dem Gesicht. Die Mama gibt den Arm in den Mistsack. Sie klettert über den Rumpf zum rechten Arm und holt mit dem Hackbeil aus. Ich höre meinen Namen. Toni! Toni! Wir atmen nicht. Ich erkenne die Stimme vom Moni-Vater. Toni, wo bist du? Die Mama flüstert. Schnell, raus mit dir, nicht, dass der reinkommt auch noch, und lass die Schürze da!

---

43 Anmerkung Verlag: Was zu weit geht, geht zu weit. Die italienische Unterwäsche kostet mehr als das Kleid und die High Heels zusammen. Diese Frau hat uns bereits ein Vermögen gekostet. Als Romanleiche muss sie nun wirklich nicht mehr gut aussehen. Zieht ihr einen Baumwollslip an und basta.

Ich gehe hinaus und mache die Werkstatttür hinter mir zu. Da hast du dich versteckt. Ich wische mir mit dem Ärmel den Schweiß von der Stirn. Du brauchst nicht nervös zu sein, ich weiß alles. Der Moni-Vater klopft mir auf die Schulter. Ich schaue zur Werkstatt. Der Moni-Vater schaut auch zur Werkstatt.

Was machst gerade?
Nichts. Nur ein bisschen Ordnung.
Halleluja, du schaust genauso aus wie die Moni, habt ihr es nicht mehr geschafft bis nach Hause, was.

Ich sage nichts. Der Moni-Vater lächelt mir zu. Die Moni spinnt jetzt halt, aber weißt ja, wie die Frauen sind, die wird sich schon wieder einkriegen. Toni, ich sag dir was von Mann zu Mann: Eigentlich wollte sie es auch.

## 35.3. Woran man merkt, dass es die Frau eigentlich will

1. Wenn der Rock kurz ist.
2. Wenn der Ausschnitt tief ist.
3. Wenn sie betrunken ist.
4. Wenn sie allein unterwegs ist.
5. Wenn sie nicht genügend Abstand hält.
6. Wenn sie nicht die Straßenseite wechselt.
7. Wenn sie einen anlächelt.
8. Wenn sie nicht deutlich genug Nein sagt.
9. Wenn sie deutlich Nein sagt, aber Ja meint.
10. Wenn sie eine Frau ist.

### 35.4. Schlussbemerkung

Selbstverständlich wollte es Moni. Wonach sich Moni so wie alle Frauen im Grunde ihres Herzens sehnt: nach einem ganzen Kerl, der SEINEN MANN STEHT.

## 36. Eine Wiederherstellung der dörflichen Ordnung

### 36.1. Wie die Mama und ich die Ordnung im Dorf wiederherstellen

Ich gehe in die Werkstatt zurück und binde mir die Kochschürze um.

Was wollte der Nachbar?
Nichts.

Die Mama haut mit dem Hackbeil auf den Großcousinenoberschenkel ein. Sie schwitzt. Auf dem Boden ist ein See aus Blut. Geh her, Bub, mach du weiter, jetzt komm schon her. Ich knie mich hin, nehme das Beil aus dem halb abgetrennten Oberschenkel und hole aus. Den Kopf hebe ich mir für den Schluss auf.

Später grabe ich mit dem Spaten ein Loch neben das Lilli-Grab. Der Moni-Vater streckt seinen Kopf über den Fliederbusch.

So ein großes Tier?
Die Mama hat ein Reh angefahren.

Das mit den Notlügen geht immer einfacher. Ich beginne nicht einmal mehr zu schwitzen dabei. ÜBUNG MACHT DEN MEISTER. Ich grabe weiter. Du weißt aber schon, dass das nicht erlaubt ist? Ich nicke.

Und wieso macht die Mama keine Rehschnitzel?
Die Gefriertruhe ist voll.

Der Moni-Vater lacht. Das Problem kenne ich. Naja, ich habe nichts gesehen, aber das nächste Mal meldet ihr so einen Unfall, verstanden? Ich nicke. Der Moni-Vater schielt zum Auto von der Mama. Gar kein Schaden am Auto? Naja, ich will mich nicht in eure Angelegenheiten einmischen. Er geht. Ich hole die Müllsäcke und schmeiße sie ins Erdloch. WER ANDEREN EINE GRUBE GRÄBT, FÄLLT SELBST HINEIN. Ich schütte das Loch mit Erde zu, trete die Erde fest und stecke ein Kreuz hinein.

In der Werkstatt kniet die Mama auf dem Boden und wischt das Blut auf. Sie schüttelt den Kopf. SO EIN SAUSTALL, schau dir das an, das kriegen wir nie sauber, bis der Papa heimkommt. Sie wringt den blutgetränkten Lappen über dem Kübel aus und beginnt zu heulen. Was hätte ich denn machen sollen damals, der Pfarrer hat gesagt: Schweigen und beten, schweigen und beten, jeden Tag schweigen und beten zum Herrgott. Ich wollte ja genauso wenig, dass der Vater eingesperrt wird wegen mir, eine Schande hätte ich über unsere Familie gebracht, und da war es für alle das Beste, dass ich schnell heirate, und der Friedl war doch immer ein guter Vater zu dir, oder etwa nicht? Und so ein schlechter Ehemann ist er auch nicht, da gibt es weitaus schlechtere, aber wenn er diese Schweinerei hier sieht, ist alles vorbei. Ich hole eine Schachtel Zündhölzer aus der Hosentasche und schüttle sie. Es treibt sich schon wieder ein Fremder im Dorf herum, habe ich gehört. Die Mama lächelt. Du bist mein Bub.

## 36.2. Die schönsten Schlager auf Radio Schlagerglück

Am Anfang war das Feuer
so heiß wie ein Vulkan,
die Dorfbewohner waren voller Hass.
Und als die Sonne aufging,
war alles um uns her,
als ob die Welt neu geboren wär.

## 36.3. Wie die Welt wieder heil ist

Der Papa kommt von der Arbeit heim. Er torkelt und beim Reden spuckt er der Mama ins Gesicht.

Was gibt's heute Gutes, Mutter?
Faschierte Laibchen mit Erdäpfelpüree.

Der Papa umklammert die Mama von hinten. Die Mama wehrt sich. Ich sitze am Tisch und mische die Schnapskarten. Im Radio spielen sie: So ein Tag, so wunderschön wie heute. Der Papa schiebt den Kittel der Mama über den Hintern. So ein Tag, der dürfte nie vergehen. Der Papa macht seinen Gürtel auf. Die Mama dreht das Fleisch durch den Fleischwolf. Sie stößt den Papa weg und richtet ihren Kittel. Du stinkst aus dem Maul und geh dir die Hände waschen, wir essen gleich. Der Papa macht seinen Gürtel wieder zu. So ein Tag, so wunderschön. Er nimmt das Küchenradio und wirft es auf den Fliesenboden. Der Papa schreit, während er die Mama verdrischt. Wie heißt er? Sag schon, wie er heißt! Aus dem Radio kommt keine Musik mehr. Auf einem selbst gestickten Bild steht: Trautes Heim, Glück allein.

# 37. Ein glückliches Ende

## 37.1. Vorbemerkung

Ich habe Ihnen am Anfang ein glückliches Ende versprochen und dieses Versprechen will ich nun einlösen. VERSPROCHEN IST VERSPROCHEN UND WIRD AUCH NICHT GEBROCHEN. Wenn Sie so nah am Wasser gebaut sind wie Moni, die schon seit Wochen Freudentränen vergießt, holen Sie sich ein Taschentuch. Zum Tränen abtupfen und zum Winken. Bald schreiben wir ENDE in Schnörkelschrift.

## 37.2. Wieso die Moni nicht in die Stadt geht

Die Mama und ich spielen Karten. Der Moni-Vater kommt in die Stube und stellt eine Flasche Weichselschnaps auf den Tisch. Toni, es gibt was zu feiern. Wir schauen den Moni-Vater an. Die Moni hat eine Zusage vom Fotogeschäft bekommen. Ich fege mit dem Arm die Schnapskarten vom Tisch und fluche. Verdammt! Aber sie wird die Stelle nicht annehmen, sagt der Moni-Vater, SO GOTT WILL bleibt sie in Schöngraben an der Rauscher. Ich sammle die Karten vom Boden auf. Die Mama räumt sie weg. Ich falte die Hände und sage mit Blick auf das Kreuz an der Wand: VERGELT'S GOTT.

## 37.3. Die Moni singt ein Lied

Die Berge so stolz und der Himmel so klar,
so schön ist es nirgends, wo immer ich war,
dazu noch die Menschen voll heiterem Sinn.
Ich freu mich, dass ich in Schöngraben bin.

Ein Applaus für Moni! Bravo! Bravo, Moni! Lüge! Das war doch nicht Moni, die da gesungen hat! Das waren die Dorfbewohner mit verstellten Stimmen! Wer ruft da schon wieder dazwischen? Waren das Sie, Frau Rosalinde F.? Sie wagen es, trotz Notstandsverordnung Kritik am Text zu üben? Abführen! Möchte noch jemand seine Stimme erheben? Und ja, Frau Rosalinde F. hat recht, das war nicht Moni. Sie wird das Singen aber schon noch lernen, wenn sie erst Mitglied im Kirchenchor ist, darauf können Sie sich verlassen.

## 37.4. Wieso die Moni nicht in die Stadt geht (Fortsetzung)

Die Mama stellt drei Schnapsgläser auf den Tisch.

Ist sie zur Vernunft gekommen, deine Tochter?
Das nicht.

Der Moni-Vater schenkt ein. Aber das wird schon, wenn erst der Junior auf der Welt ist. Die Mama und ich starren den Moni-Vater an. Ja, der Toni hat gleich beim ersten Mal INS SCHWARZE GETROFFEN. Die Mama schlägt mir ins Gesicht.

Freu dich doch für die zwei, Gabi.
Die sind viel zu jung für eine Familie.
Du warst damals auch nicht älter und schau, was aus euch geworden ist, was hast du eigentlich mit deinem Auge gemacht?
Beim Schnitzelklopfen zu weit ausgeholt. Aber will sie es überhaupt kriegen?
Mama!
SOLANGE SIE UNTER MEINEM DACH WOHNT, MACHT SIE, WAS ICH SAGE.

## 37.5. Zwischenbemerkung

Dass in den Gebärmüttern unserer Frauen massenhaft Kinder sterben, lassen wir nicht zu. Wir wollen Leben schützen. Noch gehört die Gebärmutter den Frauen. Aber nicht mehr lange. Bald tritt die gesetzlich angeordnete Bedenkzeit in Kraft. Es wird einen kurzen medialen Aufschrei geben, nicht mehr. Danach werden wir das totale Abtreibungsverbot im Gesetz verankern. Der Frauenkörper wird wieder in Männerhand sein und das, wozu er bestimmt ist: ein Brutpflegebetrieb. Jede blonde, blauäugige Frau mit deutscher Muttersprache soll mindestens drei Kinder gebären. Dann züchten wir reine Schöngrabener Buben und Mädchen heran, die wiederum reine Schöngrabener Buben und Mädchen heranzüchten. Denken Sie doch bloß, verehrte Bürger und Ehrenbürger, wie das sein wird. Wenn um uns herum lauter Schöngrabener sein werden, in denen Schöngrabener Blut rauscht. Da wird es uns ganz wunderlich ums Herz. Wir bleiben unter uns, unter uns. Moni wird schon Muttergefühle bekommen, wenn das erste Kind mal da ist. Und sie wird einsehen, dass sie es war, die Toni in ihrer neckischen Art verführt hat, weil sie sich tief in ihrem Inneren ein Kind gewünscht hat. Es ist doch immer das Gleiche mit den Dirndln: Sie halten ihre zunächst gewollte Schwängerung später aus einer Laune heraus für einen sexistischen Übergriff.

## 37.6. Wie wir alle glücklich sind

Wir lachen. Wir stoßen an. Wir trinken einen Schnaps. Wir trinken noch einen Schnaps. Und noch einen. Der Papa kommt von der Arbeit heim. Er hat eine große Schachtel in der Hand.

Servus Nachbar, was gibt's zu feiern?
Friedl, wir werden Großeltern!
Nein!
Doch.
Na wenn das nicht einmal ein anständiger Grund zum Saufen ist!

Er stellt die Schachtel ab, nimmt die Schnapsflasche und prostet uns zu.

Wo ist meine zukünftige Schwiegertochter?
Die spinnt gerade, die Hormone.
Ja, wenn die Weiber bluten oder trächtig sind, muss man sie lassen.

Der Papa packt das neue Radio aus, das noch größer als das alte ist, und schaltet es ein. Auf Radio Schlagerglück spielen sie: Ganz in Weiß mit einem Blumenstrauß, so siehst du in meinen schönsten Träumen aus. Wir schunkeln und trinken und singen. Der Papa packt die Mama und tanzt eine Runde mit ihr. Ganz verliebt schaust du mich strahlend an, es gibt nichts mehr, was uns beide trennen kann.

## 37.7. Auch Moni ist glücklich (Drehbuchszene)[44]

AUSSEN - AM FLUSSUFER - TAG

MONI geht an der Rauscher spazieren. Unter ihrem Dirndlkleid kann man den Babybauch erahnen. An der Stelle, wo der Fluss besonders wild ist, bleibt sie stehen. Sie zieht ihre Haferlschuhe aus und geht zum Wasser. MICHAEL fährt mit dem Fahrrad den Fluss entlang. Währenddessen pfeift er eine Melodie. Als er MONI sieht, springt er vom Fahrrad und läuft zu ihr.

MICHAEL
(während er Moni auf den Busen schaut)
Ich habe gehört, du heiratest in vierzehn Tagen.

MONI
(während sie auf den Erdboden schaut)
Ja.

MICHAEL
(hebt mit seiner Hand Monis Kinn hoch, sodass er ihre Augen sehen kann)
Bist du glücklich?

MONI
(hält seinem Blick stand)
Ja, ich bin glücklich.

---

44 Anmerkung Verlag: Das komplette Drehbuch zu *Toni und Moni oder: Anleitung zum Heimatroman* liegt vor. Erste Gespräche mit Stars wie H. Hinterseer (als Toni), H. Fischer (als Moni) und A. Gabalier (als Michael) finden demnächst statt. Sichern Sie sich noch heute die Filmrechte!

## 37.8. Ein Ende in Schnörkelschrift

*Ende*

## 37.9. Schlussbemerkung

Wir hören Hochzeitsglocken läuten. Und die Musik klingt noch lange nach. Und dann geb ich dir die Hand und du siehst so glücklich aus.[45]

**Lieber Toni, liebe Moni!**

*Ihr habt euch getraut,*
*seid Bräutigam und Braut.*
*Vergessen die düst'ren Stunden,*
*ihr bleibt für immer verbunden.*

*Alles Gute wünschen*
*die Dorfbewohner*
*von Schöngraben an der Rauscher*

45 Anmerkung Verlag: Die Gewinnerin unseres Gewinnspiels ist Susanne Leitner aus Feldkleinkirchen. Sie darf auf der Hochzeit die beiden Romanstars Toni und Moni persönlich kennenlernen und einmal hinter die Buchkulissen blicken. Wir gratulieren!

# Nachwort

## Vorbemerkung zum Nachwort

Es gibt zwei Nachworte. Um Ihnen die Entscheidung einfacher zu machen, welches der Nachworte Sie lesen sollen, laden wir Sie ein, unseren Persönlichkeitstest *Welcher Heimatroman-Typ sind Sie?* zu machen. Antworten Sie spontan, ob Sie den folgenden Aussagen zustimmen oder nicht zustimmen.

| | Ich stimme der Aussage zu | Ich stimme der Aussage nicht zu |
|---|---|---|
| Ich kann gerade keinen Persönlichkeitstest machen, ich bin noch so gerührt vom glücklichen Ende. | | |
| Ich glaube an die ewige Liebe. | | |
| Ich trage mein Abzeichen *Ehrenbürger von Schöngraben an der Rauscher* mit Stolz. | | |
| Wenn ich den Namen C. Jung höre, denke ich dabei an Claudia Jung. | | |
| Ich kann folgenden Lückentext ohne Probleme vervollständigen: Atemlos durch die ______, spür was ______ mit uns macht. Atemlos, schwindelfrei, großes ______ für ______ ______! | | |

| | | |
|---|---|---|
| Ich weiß, welcher der folgenden Filme kein Rosamunde-Pilcher-Film ist: Liebe gegen den Rest der Welt. Da wo die Liebe wohnt. Sieg der Liebe. | | |
| Ich freue mich schon auf den zweiten Teil *Toni und Moni und die Kinderschar oder: Anleitung zum Familienroman.*[46] | | |

## Auswertung:

Zählen Sie nun die Aussagen, denen Sie zustimmen, zusammen. Anschließend zählen Sie die Aussagen, denen Sie nicht zustimmen, zusammen. Wenn Sie mehr Aussagen zustimmen als nicht zustimmen, lesen Sie die Auswertung A: *Nachwort der Dorfbewohner*. Wenn Sie mehr Aussagen nicht zustimmen als zustimmen, lesen Sie die Nachworte, die wir unter der Auswertung B: *Wie es nach dem glücklichen Ende weiterging* zusammengefasst haben.

## A. Nachwort der Dorfbewohner

War das ein schöner Heimatroman. Die Frau Schriftstellerin hat gesagt, dass ihr zweites Buch ein schöner Heimatroman wird. Und es ist ein schöner Heimatroman geworden. Wir haben den Roman zwar nicht gelesen, sondern nur das Vorwort und das Nachwort geschrieben. Aber nachdem wir von der

46 Anmerkung Verlag: Jetzt vorbestellen!

gestrigen Hochzeit noch Schädelbrummen haben, sind wir davon überzeugt, dass es ein schöner Heimatroman geworden ist. Ein Hoch auf die Frau Schriftstellerin! Und ein Hoch auf Toni und Moni! Schön hat sie ausgeschaut, die Moni. Ein bisschen mehr lachen hätte sie auf den Hochzeitsfotos können, aber sonst ... Und fesch war er, der Toni. Ein bisschen weniger saufen hätte er können, er liegt noch immer in seinem Erbrochenen auf dem Häusl vom Kirchenwirt und schnarcht, aber sonst ... Eine Gaudi war das! Dreimal hoch, dreimal hoch, unser Brautpaar lebe hoch!

PS: Wir haben der Frau Schriftstellerin eine Einladung zur Lesung ins Gasthaus geschickt. Leider hat sie bis jetzt nicht geantwortet.

## B. Wie es nach dem glücklichen Ende weiterging

### Nachwort der Dorfbewohner

Das war gar kein schöner Heimatroman! Wir haben ihn nach zahlreichen Hinweisen aus den benachbarten Dörfern doch noch gelesen. Dieser Lügenroman darf nie gedruckt werden. Wir haben von Anfang an geahnt, dass die Großcousine und die Frau Schriftstellerin gemeinsame Sache machen, aber dass die freundliche Frau Tanja da auch mitmischt, hätten wir nicht gedacht. Diesen Literaturmenschen kann man allen nicht trauen. Haben ja nichts zu tun den ganzen Tag. Kritzeln ihre Notizbücher voll und behaupten, das wäre eine Arbeit. Das ist eine Beschäftigung und sonst nichts! Eine Freizeitgestaltung ist das. Sage ich ja! Wer braucht schon eine Literatur! Die sollen einmal einen Kuhstall ausmisten, damit sie wissen, was eine Arbeit ist. Früher hätte es das nicht gegeben! Wenn ich noch einmal das Wort Literatur höre, entsichere ich meinen Revolver. Früher hätte man schon gewusst, was man mit solchen macht. Wo sind sie überhaupt? Traut sich ja keine mehr her. Gut, die Großcousine liegt auf dem Tierfriedhof. Das tut mir direkt leid. Ja, die hat nicht so verkehrt ausgeschaut, bis auf die Männerfrisur und die Krankenkassebrille. Die hätte nur einmal so richtig hergerissen gehört, damit sie zur Vernunft kommt. Der hätten wir die Unvernunft schon ausgetrieben. Und wo ist die Frau Schriftstellerin? Die tippt noch unser Nachwort, hört ihr nicht, wie sie in die Tasten haut, die macht mich schon die ganze Zeit narrisch mit ihrem Getippe. Ich dachte zuerst, das ist ein Mähdrescher. Geh bitte, so klingt doch kein Mähdrescher. Wenn wir die erwischen! Die wird das noch bereuen! Das versprechen wir Ihnen, verehrte Ehrenbürger von Schöngraben. Eine Frage bleibt trotzdem offen. Ja? Wer hat der Frau Schriftstellerin die Notizen und das Aufnahmegerät der toten Großcousine gegeben, damit sie diesen Lügenroman fertig tippen kann?

## Nachwort der Moni

Das Geräusch, das so klingt, als würde jemand schnell tippen, ist tatsächlich ein Mähdrescher. Die Frau Schriftstellerin hat es nie gegeben. ICH habe den Roman unter dem Pseudonym Petra Piuk geschrieben. Toni erzählte mir eines Tages im Vollrausch die ganze Geschichte. An unserem ersten Hochzeitstag kochte ich ihm seine Lieblingssuppe: eine Leberknödelsuppe. Ich rührte Schneckenkorn in die Brühe und servierte sie ihm lächelnd, sah ihm beim hastigen Schlürfen und Schlingen zu und dabei, wie er langsam erstickte. Dann stand ich auf und ging zur Wiege, in der unser Kind schrie. Während ich ein Schlaflied sang, drückte ich ihm den Polster ins Gesicht.

Schlaf Kindlein, schlaf,
dein Vater ist ein Schaf,
deine Mutter hatte mal Träumelein,
jetzt kannst du bald nicht mehr schreien,
schlaf, Kindlein, schlaf.

Ich zog mein schönstes Dirndlkleid an und ging auf das Zeltfest, suchte meinen Vater. Ich fand ihn vor dem Zelt, wie er pfeifend in die Brennnesseln urinierte. Ich schnappte mir seine Dienstwaffe, hielt sie an seinen Kopf und drückte ab. Drinnen wünschte ich mir vom Alpenrosen-Duo ein Lied. Ich war noch niemals in New York, ich war noch niemals auf Hawaii. Ich sang und schoss in die Menge. Die Dorfbewohner flogen in Zeitlupe durch die Luft und landeten auf dem Tanzboden oder den Heurigentischen: meine Mutter, der Tankstellen-Karli, der Huber-Bauer, der Jäger-Sepp, der Bürgermeister, der Dorfpfarrer, der Michael, die Rescher Angela, die Gabi, der Friedl und alle anderen. Andi und Xandi vom Alpenrosen-Duo konnten nicht mehr singen, aber ich habe laut weitergesungen, während ich um mich schoss. Ich war noch niemals in New York, ich war noch niemals richtig frei, einmal verrückt sein und aus allen Zwängen fliehen. Als sich keiner mehr rührte, schüttete ich Benzin über die Körper. Draußen zündete ich mir endlich eine Zigarette an. Während des gesamten Romans durfte ich gemäß § 23.4 des Romanvertrags nicht rauchen, weil es sich für Heimatromanheldinnen angeblich nicht schicke. Das brennende Zündholz warf ich in das Zelt. Ich rauchte und sah zu, wie das Zelt in sich zusammenfiel und die Dorfbewohner von Schöngraben unter sich begrub. Ich hatte nie vor, das Opfer in dem Roman zu sein. Nachdem ich also für die poetische Gerechtigkeit gesorgt hatte, kontaktierte ich die von mir erdachte Romanautorin Petra Piuk, um mit ihr endlich auf Reisen zu gehen. Sie wollte aber nicht mehr reisen. Nachdem sie die Polizisten in der Zelle als Anti-Gewaltmaßnahme rund um die Uhr mit Volksmusik und Heimatfilmen gefoltert hatten, rutschte sie endgültig in die Schlagerwelt ab. Noch in Haft schrieb sie Sebastian, der sich ursprünglich für die Großcousine beworben hatte, Sie wissen schon, der stolze Ehrenbürger von Schöngraben, Holzfäller, Schuhplattler und Radio-Schlagerglück-Hörer, einen Liebesbrief. Nach Abbüßen der Haftstrafe heirateten die beiden und zogen in einen Groschenroman, der in den Bergen auf dem Buchcover spielt.[47] Sie leben knapp über dem A vom ROMAN mit ihren Zwillingen Dick und Dalli, benannt nach den Immenhofzwillingen, ein glückliches Leben, wie es eben nur im Heimatroman möglich ist. Geschrieben hat sie nie wieder.[48]

PS: Nachdem ich mir New York angesehen habe, reise ich mit einem neuen Pseudonym durch Guatemala und mache Fotos für ein bekanntes Reisemagazin. Alle Lesungstermine und Autogrammstunden meinen Roman *Toni und Moni oder: Anleitung zum Heimatroman* betreffend übernimmt eine Südburgenländerin für mich, deren Geburtsname zufälligerweise so lautet wie mein Künstlername, die sonst aber keine Ähnlichkeit mit irgendeiner Romanfigur aufweist. Gerne liest sie auch im Gasthaus.

---

47 Liebe Petra, nein, liebe Frau Schriftstellerin, nein, liebe Moni? Egal. Hauptsache, es passiert endlich etwas Romantisches in den Bergen, holadiirüüü! LG Tanja

48 Anmerkung Verlag: Wenn Sie die ganze Liebesgeschichte von Petra und Sebastian lesen wollen, bestellen Sie jetzt unsere Groschenroman-Trilogie: *Zärtliche Küsse auf der Alm*, *Glühende Hochzeitsnacht in den Bergen* und *Auf dem Gipfel der ewigen Liebe*.

# Anhang

## Personenverzeichnis (in alphabetischer Reihenfolge)

A. Gabalier, möglicher Michael-Darsteller
Andi, Teil des Alpenrosen-Duos
Anna, Tochter vom Tankstellen-Karli
Arnautović, Torschütze
Bernhard, Innenverteidiger des SV Schöngraben
Burgi Reinbacher, Dorfälteste
Der Fremde
Die Dorfbewohner
Die Leser, die rufen, dass das zu weit geht
Die Leserin, die Frauenhaus schreit
Die Toten
Dorfpfarrer
Dorli Waidinger, Pilzesammlerin
Egger-Bub, Selbstmörder
Fani-Tant, Gerüchtestreuerin
Fini-Tant, Rezeptkönigin
Francesco, Online-Dating-Kontakt
Franz, Kartenspieler
Franzi, Fremdgeherin
Frau Hacker, Tratschweib
Frau Schriftstellerin, Erzählerin
Frau Stadler, Tratschweib
Frau Wimmer, Tratschweib
Friedl, Schlagerfan
Gabi, gute Ehefrau
Gerhard, Blasmusikkapellenmitglied
Gisela, Mutter von Moni
Großcousine, Städterin
H. Fischer, mögliche Moni-Darstellerin
H. Hinterseer, möglicher Toni-Darsteller
Hanna, Nachbardorfschönheit
Harry, Wirt beim Kirchenwirt
Hertha D., Gerüchtestreuerin
Hilde, Dorffriseurin
Holly, Zeitungsnackte
Ildikó, Freudenmädchen
Jäger-Sepp, Waffensammler
Josef Schwaighuber, Bürgermeister
Julia, Schussopfer
Karl E. (Tankstellen-Karli), Familienmensch
Lisa, Mastbetrieb-Erbin
Lucy, Hollywoodschauspielerin
Ludwig, Dorfverschönerungsvereinsobmann
Lukas, Messdiener
Max, Schwestermörder
Michael-Vater, Vater von Michael, der nicht im Personenverzeichnis steht
Mizzi-Oma, Bäuerin
Moni, Dorfschönheit
Onkel Ernst, Vater der Großcousine
Onkel Helmut, Spielsüchtiger
Onkel Wilhelm, Alkolenker
Peter, Feuerwehrobmann
Petra Piuk, Romanautorin
Poldi-Opa, Bauer
Reinwald H. (Huber-Bauer), Tierliebhaber
Renate, Grammelknödelköchin
Rescher Angela, Dirndlschönheit
Richard, Kameradschaftsbundobmann
Rosalinde F., Leserbriefschreiberin

Schneckerlwirt, Wirt beim Dorfwirt
Sebastian, kerniger Landbursche
Sie (ja, Sie!), Ehrenbürger von Schöngraben
Silvia, Wirtin beim Kirchenwirt
Stefan, Bürgermeister-Sohn
Susanne Leitner, Gewinnerin des Gewinnspiels
Tanja, Lektorin
Tante Waltraud, Mutter der Großcousine
Tiffany, Zeitungsnackte
Toni, Dorfheld
Uhudler-Fritz, Alkoholtoter
Ulrike, Kellnerin aus dem Nachbardorf
Vroni, Zweitbesetzung
Walter S., Vater von Moni
Xandi, Teil des Alpenrosen-Duos
Yvonne, glückliche Braut

## Material (u. a.):

Zeitungsartikel
Heimatfilme
Propagandafilme
Wahlkampfsongs
Dokusoaps
Schlager
Hymnen
Kinderlieder
Reiseprospekte
Supermarktprospekte
Werbeslogans
Straßenschilder
Bibelzitate
Politikeraussagen
Interviews und Gespräche mit EinwohnerInnen österreichischer Gemeinden

Das Material ist teilweise original, teilweise leicht bis stark verfremdet.

Die einzige Quelle, die verlässlich ist, ist die Gebirgsquelle, der die Rauscher entspringt.

## Wunschkonzert

Die CD *Wunschkonzert – Die schönsten Schlager aus Toni und Moni oder: Anleitung zum Heimatroman, gesungen vom Schöngrabener Männergesangsverein* ist demnächst im gut sortierten Handel erhältlich.

## Titelverzeichnis (Auszug)

**CD 1: HEIMAT**
Wenn ich an meine Heimat denke,
In Österreich,
Blau blüht der Enzian.
Du hast mich tausendmal belogen.

Mitt'n auf'm Tanzboden:
Sieben Fässer Wein.
Ruck ma zam,
Ein bisschen Spaß muss sein.

Hello Again,
Zärtlicher Tyrann.
Halt mich noch einmal fest
Dahoam.

Wunder gibt es immer wieder.
Immer wieder geht die Sonne auf.
So ein Tag, so wunderschön wie heute.
In Austria, no Känguru.

**CD 2: LIEBE**
Ich hab die Liebe gesehen,
Liebe ohne Leiden.
Du bist mein erster Gedanke:
Siebzehn Jahr, blondes Haar.

Mit siebzehn hat man noch Träume:
Schön ist es auf der Welt zu sein.
Über den Wolken
Einmal um die ganze Welt.

Ich geb nie auf
Dich zu lieben.
Tausendmal du,
Aber dich gibt's nur einmal für mich.

Das erste Mal tat's noch weh.
Die Gefühle haben Schweigepflicht.
Tränen lügen nicht:
Er gehört zu mir.

Ganz in Weiß.
Nein heißt Ja.
Wir wollen niemals auseinandergehen?
Abschied. (Ist ein bisschen wie sterben.)

## Abzeichen:
## Ehrenbürger von Schöngraben an der Rauscher

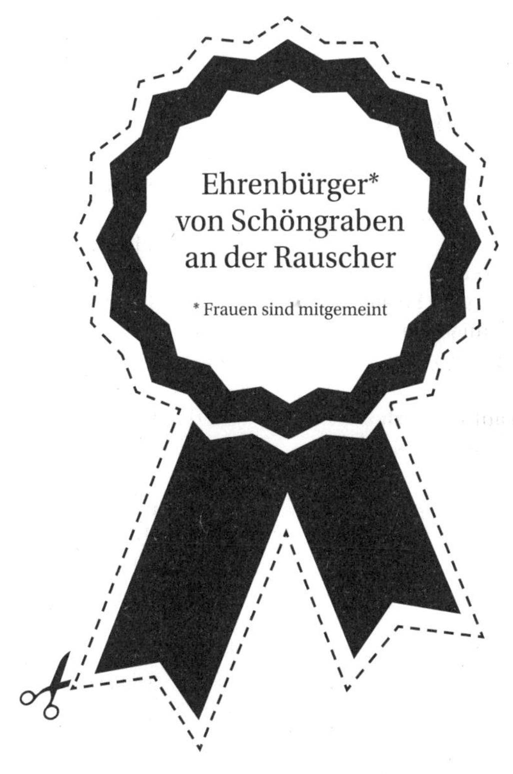

**LEERsätze für ein Leben wie im Heimatroman – Raum für eigene Notizen**

## DANKE.

Bundeskanzleramt Österreich, Abteilung Kunst und Kultur.

Land Burgenland.

Meinen Eltern.

Meinen ErstleserInnen Regina und Robert.

Und meiner Lektorin Tanja Raich, mit der die Zusammenarbeit in Wirklichkeit ganz wunderbar war.